KB111666

더모던 감성클래식 02

빨강 머리 앤 2

Anne of Green Gables

©NIPPON ANIMATION CO., LTD. "Anne of Green Gables" ™AGGLA

Illustration copyright©2019 by MIRBOOK COMPANY
Published by arrangement with NIPPON ANIMATION
through DAEWON Co., Ltd.

본 제품은 한국 내 독점 판권 소유자인 대원미디어(주)와의
정식 계약에 의해 사용, 제작되므로 무단 복제 시 법의 처벌을 받게 됩니다.

더모던 감성클래식 02

빨강 머리 앤 2

루시 모드 몽고메리 지음 | 박혜원 옮김

더모던
Themodern

*Anne of
Green Gables*

차례

Anne of
Green Gables

14

앤의 고백

소풍을 앞둔 월요일 저녁, 마릴라가 불편한
얼굴로 자기 방에서 내려왔다.

"앤."

마릴라는 말끔히 치운 식탁 앞에 앉아 콩깍지를 까고
있는 앤을 불렀다. 앤은 콩깍지를 까면서 다이애나가 가
르쳐 준 대로 감정을 한껏 실어 〈개암나무 골짜기의 넬
리〉를 부르고 있었다.

"내 자수정 브로치 못 봤니? 어제저녁 교회에 다녀와서
바늘꽂이에 꽂아 둔 것 같은데 온데간데없구나."

"아까…… 아까 오후에 아주머니가 봉사회에 가셨을 때 봤어요. 아주머니 방 앞을 지나가는데 바늘꽂이에 있는 게 보여서 들어가서 봤어요."

앤이 조금 뜸을 들이며 말했다.

"브로치를 만졌니?"

마릴라가 엄하게 물었다.

"아…… 네. 어때 보일까 궁금해서 가슴에 달아 봤어요."

앤이 머뭇거리며 시인했다.

"그런 짓을 하면 안 되지. 남의 물건에 손대는 건 아주 나쁜 행동이야. 내 방에 들어간 것부터가 잘못이고, 네 것도 아닌 브로치를 만진 것도 잘못이다. 그래, 브로치는 어디에 뒀니?"

"탁자 위에 다시 올려놨어요. 일 분도 안 꽂고 있었어요. 정말로 만질 생각은 아니었는데. 아주머니 방에 들어가고 브로치를 달아 보는 게 나쁜 행동인지 몰랐어요. 하지만 이제 알았으니까 다음부터는 절대 안 그럴게요. 그게 제 장점 중 하나거든요. 전 같은 잘못은 두 번 다시 저지르지 않아요."

"제자리에 돌려놓지 않았잖아. 아무리 찾아봐도 탁자

에 브로치는 없었다. 앤, 네가 가지고 나갔거나 어떻게 한 게지."

"틀림없이 그 자리에 뒀어요. 브로치를 바늘꽂이에 다시 꽂았는지, 도자기 접시에 올려 놨는지는 정확히 기억 나지 않아요. 하지만 그 자리에 둔 건 확실해요."

앤이 다급하게 말했고, 마릴라의 눈에는 그 행동이 버릇없게만 보였다. 마릴라는 분명히 해 두어야겠다고 생각했다.

"가서 다시 찾아보마. 네가 제자리에 뒀다면 지금도 그 자리에 있겠지. 만약 탁자 위에 브로치가 없다면 네가 제자리에 두지 않았다는 뜻이고!"

하지만 탁자 위는 물론이고 브로치가 있을 만한 곳을 모조리 뒤져 봐도 브로치는 보이지 않았다. 마릴라는 부엌으로 돌아왔다.

"앤, 브로치는 없다. 네 말대로 브로치를 마지막으로 만진 사람은 너야. 자, 브로치를 어떻게 했니? 당장 사실대로 말하거라. 가지고 나갔다가 잃어버렸니?"

"아니에요. 절대로 방에서 브로치를 가지고 나가지 않았어요. 진짜예요. 단두대로 끌려간다고 해도요. 단두대가 뭔지는 잘 모르지만요. 그게 다라니깐요, 아주머니."

앤은 화난 마릴라의 눈을 똑바로 보면서 말했다. 그리고 자기 말이 사실이라는 것을 확실히 하려고 "그게 다라니깐요"라고 했지만, 마릴라는 그 말이 반항하는 것으로 들렸다.

"앤, 거짓말을 하고 있구나. 난 다 알아. 그래, 사실대로 전부 털어놓을 생각이 아니면 더는 아무 말도 하지 말거라. 네 방에 올라가서 솔직하게 말할 마음이 들 때까지 나오지 마라."

마릴라가 날카롭게 말했다.

"콩은 가져갈까요?"

앤이 순순히 말했다.

"아니다. 나머지는 내가 까마. 넌 시키는 대로 해."

앤이 방으로 올라간 뒤 마릴라는 저녁 준비를 하는 내내 마음이 어수선했다. 소중한 브로치라 걱정이 이만저만이 아니었다. 앤이 잃어버렸으면 어쩌지? 누가 봐도 저 애 짓이 분명한데, 저렇게 아니라고 잡아떼다니 정말 못됐어! 그것도 저리 아무렇지도 않은 얼굴로!

마릴라는 어지러운 마음으로 콩깍지를 까며 생각했다.

'내가 잘한 건지 모르겠군. 물론 저 애도 훔치려던 건 아닐 텐데. 그냥 나가서 가지고 놀거나 그걸 보며 으레 하던

16

그런 상상들을 하려던 거겠지. 어쨌거나 가지고 나간 건 확실해. 앤이 말한 대로라면 오늘 저녁에 내가 들어갈 때까지 내 방에 들어온 사람은 저 애뿐이니까. 그러고 나서 브로치가 없어졌으니 더 확인할 필요도 없지. 그걸 잃어버리고는 벌 받을까 무서워서 실토하지 못하는 게지. 아이가 거짓말을 한다고 생각하니 끔찍해. 이건 버럭 하는 성미보다 훨씬 나빠. 믿을 수 없는 아이를 집에 들인 책임이란 게 참으로 무섭군. 앤은 교활하고 정직하지 못한 모습을 보여 줬어. 브로치를 잃어버린 것보다 그게 더 속상해. 솔직하게만 말했어도 이렇게까지 마음이 상하지는 않았을 텐데.'

마릴라는 저녁내 틈틈이 방에 가서 브로치를 찾았지만 헛수고였다. 잠자리에 들 시간에 동쪽 다락방에 가 봤지만 별 소득이 없었다. 앤은 브로치의 행방에 대해 아는 게 없다는 주장을 굽히지 않았고, 그럴수록 마릴라는 앤의 짓이 틀림없다고 확신했다.

다음 날 아침에 마릴라는 매슈에게 이 이야기를 들려주었다. 매슈는 난처하고 당황스러웠다. 앤을 믿는 마음이 한순간에 사라진 건 아니지만 모든 정황이 앤에게 불리하다는 것을 인정해야 했다.

"탁자 뒤로 떨어진 건 확실히 아니라는 거지?"

매슈가 할 수 있는 말은 이게 전부였다.

"탁자도 옮기고, 서랍도 빼 보고, 틈이란 틈은 다 샅샅이 찾았어요. 브로치는 없어요. 아이가 가져갔다가 잃어버리고는 거짓말을 하는 거예요. 믿고 싶지 않지만 분명해요, 매슈 오라버니. 그렇다고 인정하는 게 나아요."

마릴라가 확신에 차서 대답했다.

"글쎄다. 넌 어쩔 생각이니?"

상황을 해결할 사람이 마릴라라는 사실에 남몰래 안도하며 매슈는 스산한 심정으로 물었다. 이번 일에는 간섭하고 싶은 마음이 전혀 없었다.

"스스로 말할 때까지 방에서 못 나오게 할 거예요. 어디 보자고요. 어디에 가져갔는지만 말하면 브로치를 찾을 수 있을지도 몰라요. 하지만 어쨌든 앤은 단단히 벌을 받아야 해요, 오라버니."

마릴라는 먼젓번에도 이 방법이 효과가 있었던 것을 떠올리며 단호하게 말했다.

"글쎄. 벌은 받아야겠지. 나는 모른 척하마. 간섭하지 말라고 네가 그랬으니까."

매슈가 모자를 집어 들며 말했다.

마릴라는 모두에게 버림받은 기분이었다. 린드 부인에게 조언을 구할 수도 없었다. 마릴라는 아주 심각한 얼굴을 하고 동쪽 다락방에 올라갔다가 더 심각한 얼굴로 방을 나왔다. 앤은 고백하기를 고집스레 거부했다. 브로치를 가지고 나가지 않았다는 주장만 거듭했다. 울고 있었던 게 분명한 아이의 얼굴을 보자 연민이 심장을 옥죄었지만 그런 마음을 단호히 억눌렀다. 밤이 되자 마릴라는 자기 말마따나 '녹초'가 되었다.

"솔직히 말할 때까지 방에서 나오지 못할 거다, 앤. 어떻게 할지는 네가 정하는 거야."

마릴라가 단호하게 말했다.

"하지만 내일은 소풍날이에요, 아주머니. 소풍도 못 가게 하진 않으실 거죠? 낮에는 잠깐 나가게 해주실 거죠? 그럼 다녀와서 아주머니가 있으라고 하실 때까지 즐겁게 여기 있을게요. 하지만 소풍은 꼭 가야 해요."

앤이 울음을 터뜨렸다.

"사실대로 말할 때까지 소풍이고 뭐고 아무 데도 못 간다."

"아, 아주머니."

앤이 울먹였다. 그러나 마릴라는 문을 닫고 나가 버렸다.

수요일 아침은 마치 소풍을 위해 만든 날처럼 눈부시게 맑았다. 새들이 초록 지붕 집 주위에서 노래했고, 정원에 핀 새하얀 백합의 꽃향기가 보이지 않는 바람을 타고 문과 창으로 들어와 축복의 영처럼 온 방과 복도를 거닐었다. 골짜기의 자작나무는 동쪽 다락방의 앤이 여느 아침처럼 인사를 건네기를 기다리는 듯 반갑게 손을 흔들었다. 하지만 앤은 창가에 모습을 드러내지 않았다. 마릴라가 아침 식사를 들고 다락방에 올라가자, 앤은 창백하지만 단호한 얼굴로, 입술은 꽉 다문 채 눈을 반짝이며 침대에 똑바로 앉아 있었다.

"아주머니, 사실대로 말할게요."

"그래! 그럼 무슨 말인지 들어 보자, 앤."

마릴라가 쟁반을 내려놓았다. 이번에도 자신의 방법이 통한 것이었다. 하지만 이 성공이 마릴라에게는 무척 씁쓸했다.

"제가 자수정 브로치를 가져갔어요. 아주머니 말씀대로 제가 가져갔어요. 그걸 가져가려고 방에 들어간 건 아니었어요. 하지만 가슴에 달아 보니 너무 아름다워서 유혹을 뿌리칠 수가 없었어요, 아주머니. 전 이 브로치를 '한적한 숲'에 가져가서 코딜리어 피츠제럴드 아가씨 놀이를 하면 얼마나 짜릿할까 상상했어요. 진짜 자수정 브로치가 있으면 코딜리어 피츠제럴드 아가씨라고 상상하기가 훨씬 쉬울 것 같았거든요. 다이애나랑 산딸기로 목걸이도 만들어 봤지만 산딸기가 자수정이랑 비교나 되나요? 그래서 브로치를 가지고 나갔어요. 아주머니가 돌아오시기 전까지 되돌려 놓을 생각이었거든요. 전 브로치를 오래하고 싶어서 큰길로 빙 돌아갔어요. 그러다가 한 번 더 보고 싶어 '반짝이는 호수' 위 다리에서 브로치를 뺐어요. 아, 햇빛을 받아 얼마나 영롱하게 빛나던지! 그런데 제가 다리에 몸을 기대는 순간, 브로치가 손에서 미끄러졌어요. 그렇게 아래로, 아래로, 보랏빛을 반짝거리면서 영원히 '반짝이는 호수' 바닥에 가라앉아 버렸어요. 이게 제가 최선을 다해 할 수 있는 고백이에요, 아주머니."

앤은 수업 시간에 배운 내용을 외우듯이 말했다.

마릴라의 가슴에 다시금 화가 치밀어 올랐다. 아이는 마릴라가 소중히 여기는 브로치를 가지고 나가 잃어버리고는 누가 봐도 죄책감이나 뉘우침 같은 게 전혀 느껴지지 않는 얼굴로 태연히 자초지종을 요목조목 상세히도 외워 대고 있었다.

"앤, 정말 어처구니가 없구나. 너같이 못된 아이는 처음 봤다."

마릴라는 침착하게 말하려고 노력했다.

"네, 저도 그렇게 생각해요. 그리고 벌을 받아야 한다는 것도 알아요. 아주머니가 저를 벌주시는 것도 당연하고요. 그런데 지금 바로 벌을 주시면 안 될까요? 소풍은 가벼운 마음으로 가고 싶거든요."

앤이 담담히 인정하며 말했다.

"소풍이라고! 앤 셜리, 넌 오늘 소풍 못 간다. 그게 네가 받을 벌이야. 네가 한 짓을 생각하면 이건 심한 벌도 아니지!"

"소풍을 못 간다고요! 하지만 보내 주신다고 약속하셨잖아요! 아, 마릴라 아주머니, 전 소풍을 꼭 가야 해요. 그래서 고백도 했잖아요. 그것만 빼고 원하시는 벌은 다 받을게요. 아주머니, 제발요, 제발 소풍을 보내 주세요. 아이스크림은요! 어쩌면 평생 다시는 아이스크림을 못 먹을지도 모르잖아요."

앤이 벌떡 일어나더니 마릴라의 손을 붙잡았다. 하지

22

만 마릴라는 매달리는 앤의 손을 냉정하게 뿌리쳤다.

"애원해도 소용없다, 앤. 넌 소풍에 못 가니 그렇게 알아. 소풍은 못 가. 더는 아무 말 말거라."

앤은 마릴라의 마음이 바뀌지 않으리라는 것을 깨달았다. 앤은 양손을 움켜쥐고 날카로운 비명을 지르며 침대에 얼굴을 묻고, 실망과 좌절감에 완전히 자포자기해서 몸부림치며 엉엉 울었다.

마릴라는 몹시 놀라서 서둘러 방을 나오며 중얼거렸다.

"세상에! 저 아이가 미쳤나 봐. 제정신이라면 저렇게 행동하진 않을 거야. 미친 게 아니면 정말 나쁜 아이인 게지. 아, 이런. 린드 부인이 처음 한 말이 맞았나. 그래도 어렵게 시작했으니까 뒤돌아보진 말아야지."

우울한 아침이었다. 마릴라는 일에만 매달렸다. 그러다 달리 할 일이 없어지자, 현관 바닥과 우유 짜는 곳 선반까지 벅벅 문질러 닦았다. 선반도 현관도 그렇게 닦을 필요가 없었지만, 마릴라는 그렇게 했다. 그런 다음 밖으로 나가 갈퀴로 뜰을 청소했다.

점심 준비를 끝낸 마릴라는 계단참에서 앤을 불렀다. 앤은 온통 눈물로 얼룩진 얼굴에, 비참한 표정으로 난간 아래를 내려다봤다.

"내려와 점심 먹어라, 앤."

"먹고 싶지 않아요, 아주머니. 아무것도 먹을 수가 없어요. 마음이 너무 아파요. 제 마음을 아프게 하셨으니 아주머니도 언젠가 양심의 가책을 느끼실 날이 올 거예요. 하지만 아주머니를 용서할게요. 때가 되면 아주머니를 용서해 드릴게요. 하지만 제발 제게 뭘 먹으라고, 특히 삶은 돼지고기랑 데친 채소를 먹으라고는 하지 마세요. 삶은 돼지고기랑 채소는 고통에 빠졌을 때 먹기에 너무 낭만적이지 않잖아요."

앤이 훌쩍거리며 대답했다.

몹시 화가 난 마릴라는 부엌으로 돌아가 매슈에게 하소연을 늘어놓았다. 매슈는 공정해야 한다는 생각과 측은한 마음 사이에서 어찌할 바를 몰라 곤혹스러웠다.

"글쎄다. 저 애가 브로치를 가져가고 거짓말을 한 건 잘못이지. 하지만 아직 어린애잖니. 엉뚱한 구석도 있고. 그렇게 가고 싶어 하는데 소풍을 못 가게 하는 건 너무 가혹하다고 생각하지 않니?"

매슈는 자기 접시에 담긴 낭만적이지 않은 돼지고기와

채소가 앤의 말처럼 마음이 힘들 때 어울리지 않는 음식이라도 되는 양 쓸쓸히 내려다봤다.

"매슈 오라버니, 정말 놀랍군요. 전 저 애를 너무 쉽게 봐줬다고 생각해요. 게다가 저 애는 자기가 얼마나 나쁜 짓을 했는지 전혀 깨닫지도 못하고 있다고요. 전 그게 제일 걱정이에요. 진심으로 뉘우치고 있다면 그나마 조금 나았겠죠. 깨달은 게 없기는 오라버니도 마찬가지네요. 아직도 저 애 편에서만 생각하잖아요. 전 알아요."

"글쎄, 아직 어리니까. 그러니 봐줄 때도 있어야 하고 말이야, 마릴라. 저 애는 교육 같은 걸 받아 본 적이 없잖니."

매슈가 힘없이 같은 말을 되풀이했다.

"그래서 지금 교육을 받고 있잖아요."

마릴라가 쏘아붙였다.

가시 돋친 말에 매슈는 입을 다물었지만 마릴라의 말을 받아들인 것은 아니었다. 점심 식탁은 침울했다. 식탁에서 신이 난 사람은 일꾼인 제리 부트뿐이었다. 마릴라는 그런 제리 부트의 태도가 자기를 놀리는 것처럼 여겨져 화가 치밀었다.

설거지를 하고 빵 반죽을 만들고 닭 모이를 주고 난 마릴라는 문득 떠오르는 게 있었다. 월요일 오후에 부녀자 봉사회에서 돌아와 가장 좋아하는 검정 레이스 숄을 벗어 놓다가 조금 찢어진 곳을 발견했던 게 기억났다.

마릴라는 숄을 수선할 생각으로 방으로 올라갔다. 숄은 트렁크 가방 안 상자에 들어 있었다. 마릴라가 숄을 꺼내 들자, 창가의 무성한 포도나무 덩굴을 비집고 들어온 햇빛 사이로 숄에 매달린 뭔가가 반짝였다. 깎아낸 듯 반질거리고 반짝반짝한 보랏빛 물체였다. 마릴라는 숨도 못 쉬고 그것을 움켜잡았다. 레이스 올에 걸린 채 매달려 있는 것은 바로 자수정 브로치였다!

마릴라는 머릿속이 멍해졌다.

"세상에, 이게 뭐야? 배리 연못 바닥에 가라앉아 있어야 할 브로치가 여기 멀쩡히 있잖아. 그럼 저 애는 도대체 왜 이걸 가지고 나가서 잃어버렸다고 한 거지? 초록지붕 집이 뭔가에 홀린 게 틀림없어. 그래, 이제야 기억이나네. 월요일 오후에 숄을 벗어서 탁자 위에 잠깐 뒀었지. 그때 브로치가 숄에 걸렸구나. 이런!"

마릴라는 브로치를 들고 동쪽 다락방으로 갔다. 앤은 한바탕 울고 난 뒤에 맥없이 창가에 앉아 있었다.

마릴라가 엄하게 앤을 불렀다.

"앤 셜리. 방금 내 검정 레이스 숄에 걸려 있는 브로치를 찾았단다. 자, 이제 네가 오늘 아침에 왜 그런 이야기를 장황하게 꾸며냈는지 말해 보렴."

앤이 지친 듯 입을 열었다.

"제가 고백할 때까지 이 방에서 나오지 못한다고 하셨잖아요. 그래서 고백하기로 결심한 거예요. 소풍만은 꼭 가고 싶었으니까요. 어젯밤에 자리에 누워서 고백할 말을 생각했어요. 할 수 있는 한 재미있게요. 그러고는 잊어버리지 않으려고 몇 번이고 되뇌었어요. 하지만 결국 소풍을 못 가게 하셨으니, 제 노력이 모두 헛되게 되었지만요."

마릴라는 자신도 모르게 웃음이 나왔다. 하지만 양심의 가책도 느꼈다.

"앤, 넌 정말 사람을 놀라게 하는구나. 하지만 내가 잘못했다. 이제 알겠어. 넌 한 번도 거짓말을 하지 않았는데 내가 널 믿지 못했구나. 물론 하지도 않은 일을 했다고 고백하는 것도 옳지 않단다. 그것도 아주 큰 잘못이야. 하지만 내가 그렇게 몰아간 거지. 그러니 앤, 네가 날 용서한다면 나도 널 용서하마. 그리고 서로 앙금은 털고 다시 잘 지내보자꾸나. 그럼 이제 소풍 갈 준비를 해야지."

앤이 뛰어오를 듯 자리에서 일어났다.

"아, 아주머니, 너무 늦지 않았을까요?"

"아니다. 이제 2시인걸. 아직 다 모이지도 않았을 테고, 한 시간은 더 있어야 간식도 먹을 게다. 세수하고 머리 빗고 체크무늬 면 원피스를 입거라. 난 바구니에 먹을 걸 챙기마. 집에 구워 놓은 게 많단다. 그리고 제리한테 밤색 말을 내어서 마차로 소풍 장소까지 태워다 주라고 이르마."

"아, 마릴라 아주머니. 5분 전만 해도 너무 비참해서 태어나지 말걸 하고 생각했는데, 지금은 천사도 부럽지 않아요!"

앤이 세면대까지 한달음에 뛰어가며 외쳤다.

그날 밤 앤은 잔뜩 피곤한 모습으로 초록 지붕 집에 돌아왔지만, 말로 표현할 수 없는 축복을 받은 듯 행복해 보였다.

"아, 아주머니. 정말 기막힌 시간을 보냈어요. 기막히다는 건 오늘 처음 배운 말이에요. 메리 앨리스 벨이 그렇게 말하는 걸 들었거든요. 정말 딱 맞는 표현이죠? 모든 게 아름다웠어요. 맛있는 차를 마신 다음 하먼 앤드루스 아저씨가 '반짝이는 호수'로 우릴 다 데리고 가서 노를 저으며 배를 태워 주셨어요. 우리 여섯 명을 한꺼번에요. 제인 앤드루스는 물에 빠질 뻔했어요. 제인이 수련을 꺾으려고 배 밖으로 몸을 숙였는데, 앤드루스 아저씨가 바로 제인의 허리띠를 잡지 않았더라면 아마 물에 빠져 죽었을지도 몰라요. 그게 나였으면 좋았을 텐데. 물에 빠져 죽을 뻔했다는 건 굉장히 낭만적이잖아요. 이야깃거리로도 짜릿하고요. 우린 아이스크림도 먹었어요. 아이스크림은 말로 표현을 못 하겠어요. 마릴라 아주머니, 천상의 맛이었다는 건 확실해요.”

그날 저녁 마릴라는 양말 바구니를 앞에 두고 매슈에게 모든 이야기를 들려주었다.

마릴라는 솔직하게 털어놓았다.

“제가 실수했다는 거 인정해요. 이번 일로 저도 하나 배운 거죠. 앤의 '고백'을 생각하면 웃음이 나와요. 실은 그것도 거짓말이니까 웃으면 안 되겠죠. 그래도 보통 거짓말만큼 나쁜 거짓말은 아닌 것 같아요. 그리고 어쨌든 제게도 책임이 있으니까요. 저 애는 어떤 면에서는 이해가 안 되기도 해요. 그래도 지금까지 본 바로는 썩 괜찮은 아이 같아요. 한 가지 분명한 건, 저 애가 있는 한 따분할 틈이 없을 거라는 거예요.”

15

학교에서 일어난 대소동

"정말 멋진 날이야! 이런 날은 살아 있다는 것만으로도 행복하지 않니? 아직 태어나지 않아서 이런 날을 보지 못하는 사람들이 불쌍해. 물론 그들도 멋진 날들을 보기야 하겠지만 오늘 하루는 영영 볼 수 없잖아. 그리고 학교에 갈 때 이런 아름다운 길이 있다는 건 더 멋진 거 같아, 안 그래?"

앤이 숨을 깊이 들이마시며 말했다.

"큰길로 돌아가는 것보단 훨씬 좋지. 큰길은 먼지도 너무 많고 덥잖아."

다이애나는 있는 사실만 그대로 얘기하면서 점심 바구니를 슬그머니 들여다봤다. 군침이 돌 만큼 먹음직스러운 라즈베리 파이 세 조각이 들어 있었다. 다이애나는 여자아이 열 명이 나눠 먹으면 모두 몇 입씩 먹을 수 있을지 속으로 계산해 봤다. 에이번리 여학생들은 항상 점심을 같이 먹었기 때문에, 라즈베리 파이 세 조각을 혼자 다 먹거나 친한 친구하고만 나눠 먹으면 '치사하다'라는 꼬리표를 평생 달고 살아야 했다. 하지만 파이 세 조각을 열 명이 나눠 먹었다가는 감질만 나고 말 터였다.

앤과 다이애나가 학교로 걸어가는 길은 예뻤다. 앤은 다이애나와 함께 학교를 오가며 걷는 그 길이 상상 속에서도 이보다 더 멋지지 않을 거라고 생각했다. 큰길을 따라 돌아갔다면 이렇게 낭만적이지 않았겠지만 '연인의 오솔길'과 '버드나무 연못', '제비꽃 골짜기', '자작나무 길'은 어디를 가도 낭만적이었다.

'연인의 오솔길'은 초록 지붕 집의 과수원 아래에서 커스버트 농장의 끄트머리와 맞닿은 숲속까지 이어졌다. 이 길로 소들을 뒤편 목초지로 몰고 갔고, 겨울이면 장작을 패서 집으로 싣고 왔다. 앤이 이 길에 '연인의 오솔길'이라는 이름을 붙인 건 초록 지붕 집에 온 지 한 달이 채 되지 않았을 때였다.

앤은 마릴라에게 이렇게 설명했다.

"정말로 연인들이 걸어 다닌다는 얘기는 아니에요. 다이애나하고 같이 정말 아름다운 책을 읽었는데, 거기에 '연인의 오솔길'이 나오거든요. 우리도 그런 길이 하나 있으면 좋겠다고 생각했어요. 이름도 참 예쁘잖아요. 무척 낭만적이고요! 연인은 있다고 상상하면 되고요. 전 그 길이 좋아요. 거기선 상상하는 걸 큰 소리로 떠들어도 절 보고 미쳤다고 말하는 사람도 없거든요."

앤은 아침이면 혼자 '연인의 오솔길'로 나가 개울까지 내려갔다. 그곳에서 다이애나를 만나면, 두 꼬마 숙녀는 무성한 단풍나무 잎들이 아치 모양으로 뻗어 있는 오솔길을 올라가 통나무 다리가 나올 때까지 걸었다. 그 길을 걸으며 앤은 말했다.

"단풍나무는 정말 다정한 나무야. 언제나 바스락거리고 소곤대며 말을 건네잖아."

오솔길을 벗어난 두 아이는 배리 씨네 뒷마당을 지나 '버드나무 연못'을 지나갔다. '버드나무 연못'을 지나면

'제비꽃 골짜기'가 나왔다. '제비꽃 골짜기'는 앤드루 벨 씨네 너른 산그늘 아래 옴폭 패어 들어간 초록빛 골짜기였다.

"물론 지금은 제비꽃이 없어요. 하지만 봄이 오면 온통 제비꽃으로 뒤덮인다고 다이애나가 그랬어요. 아, 아주머니, 제비꽃에 뒤덮인 벌판이 눈앞에 펼쳐진다고 상상해 보세요. 정말 숨이 멎을 것 같아요. '제비꽃 골짜기'라는 이름은 제가 지었어요. 다이애나는 어떤 장소에 저보다 더 멋진 이름을 생각해 내는 사람을 본 적이 없대요. 뭔가를 잘한다는 건 좋은 일이죠? 그런데 '자작나무 길'이란 이름은 다이애나가 지었어요. 그렇게 부르고 싶다고 해서 저도 그러자고 했거든요. 하지만 저라면 평범한 '자작나무 길'보다는 더 시적인 이름을 생각해냈을 거예요. 그런 이름은 아무나 생각할 수 있잖아요. 아무튼 '자작나무 길'도 세상에서 가장 아름다운 장소에 들어갈 거예요, 아주머니."

앤이 마릴라에게 말했다.

정말 그랬다. 앤만 그런 게 아니라 우연히 그 길로 들어선 사람은 누구나 그렇게 생각했다. 살짝 좁고 구불구불한 '자작나무 길'은 긴 언덕을 감아 오르다 벨 씨네 숲이 시작되는 지점에서 끝이 났다. 에메랄드빛 장막처럼 펼쳐진 나무들 사이로 쏟아져 내리는 햇살은 다이아몬드의 심장처럼 작은 티끌 하나 없이 맑고 깨끗했다. 길가에는 아직 어린 호리호리한 자작나무들이 하얀 줄기에 여린 가지를 달고 줄지어 서 있었다. 고사리와 별을 닮은 꽃들, 야생 은방울꽃, 진홍색 미국자리공 덤불 등도 길을 따라 무성했다. 그리고 언제나 기분 좋은 향긋한 내음이 공기 중에 스며 있었고, 새들의 노랫소리와 머리 위에서 나무를 스치는 바람의 속살거림과 웃음소리가 그치지 않았다. 조용히 걷다 보면 가끔 깡충거리며 길을 건너는 토끼가 눈에 띌 때도 있었지만, 앤과 다이애나도 흔히 볼 수 있는 모습은 아니었다. 길을 따라 계곡 아래로 내려가면 큰길이 나왔고, 그 길로 곧장 가문비나무 언덕을 지나면 학교에 도착했다.

에이번리 학교는 처마가 낮고 창이 넓은 하얀색 건물이었다. 교실에는 편하고 튼튼한 구식 책상이 있었는데, 여닫이식 책상 뚜껑은 3대에 걸쳐 학생들이 남긴 이름의 첫 글자와 상형문자처럼 보이는 낙서들로 온통 뒤덮여 있었다. 학교 건물은 길에서 안으로 들어간 곳에 자리했고, 건물 뒤편에는 어둑한 전나무 숲이 있고 개울이 흘렀다. 아이들은 이 개울물에 우유병을 담가 점심시간까지 우유를 시원하고 맛있는 상태로 보관했다.

마릴라는 9월 첫째 날 처음으로 학교로 향하는 앤을 보며 속으로 걱정이 이만저만이 아니었다. 앤은 유별난 아이였다. 다른 아이들과 잘 지낼 수 있으려나? 수업 시간에는 또 어떻게 입을 다물고 있을지?

하지만 학교에 간 앤의 첫날은 마릴라가 걱정한 것보다 순탄했다. 그날 저녁 앤은 기분 좋게 집으로 돌아왔다.

"여기 학교를 좋아하게 될 거 같아요. 선생님은 별로지만요. 선생님은 하루 종일 콧수염만 비비 꼬면서 프리시 앤드루스만 쳐다보세요. 프리시는 나이가 많잖아요. 열여섯 살인데, 내년에 샬럿타운에 있는 퀸스 학교 입학시험을 준비하고 있어요. 틸리 볼터 말로는 선생님이 프리시한테 푹 빠졌대요. 프리시는 피부색이 곱고 머리는 곱슬곱슬한 갈색이에요. 올림머리를 했는데 굉장히 우아해 보여요. 교실 뒤쪽의 긴 의자가 프리시 자리인데, 선생님은 수업 시간 내내 거의 거기 앉아 계세요. 프리시한테 공부를 가르치신다고요. 하지만 루비 길리스가 봤는데, 선생님이 프리시의 석판에 뭔가를 적으니까 프리시가 얼굴이 새빨개져서는 킥킥거렸대요. 루비 길리스는 분명히 수업과 상관없는 내용일 거라고 했어요."

"앤 셜리, 다시는 선생님에 대해 그런 식으로 말하지 말거라. 학교는 선생님을 흉보러 가는 곳이 아니야. 선생님은 네게 뭔가를 가르치고, 넌 배우면 되는 거지. 그러니 앞으로 집에 와서 그런 식으로 선생님 얘기를 늘어놓지 않았으면 좋겠구나. 올바른 행동이 아니야. 학교에서는 별일 없었겠지?"

마릴라가 엄하게 말했다.

"그럼요. 아주머니가 상상하시는 것처럼 어려운 일도 없었어요. 전 다이애나 옆에 앉았어요. 바로 창 옆이어서 '반짝이는 호수'가 내려다 보였어요. 학교엔 좋은 아이들이 많아요. 점심시간에는 같이 기막히게 재밌는 놀이도 했는걸요. 같이 놀 수 있는 여자애들이 많아서 참 좋았어요. 그래도 당연히 다이애나가 제일 좋고, 언제까지나 그럴 거예요. 전 다이애나가 정말, 정말 좋아요. 그런데 전 다른 애들보다 수업 내용이 한참 뒤처져 있어요. 모두 5학년 과정을 배우는데 저만 4학년 과정이거든요. 조금 창피했어요. 하지만 저만큼 상상력이 뛰어난 아이는 없었어요. 금방 알겠던데요. 오늘은 읽기랑 지리, 캐나다 역사, 받아쓰기를 했어요. 필립스 선생님이 제 맞춤법이 부끄러운 수준이라며 아이들이 다 볼 수 있게 제 석판을 높이 들어 올렸어요. 틀린 걸 온통 고쳐 놓은 석판을요. 너무 분했어요, 아주머니. 선생님은 처음 온 학생한테 좀 더 예의 바르게 대해야 한다고 생각해요. 루비 길리스는 사과를 한 개 줬고, 소피아 슬론은 '집에 바래다줄까요?'라고 적힌 예쁜 분홍색 카드를 빌려줬어요. 카드는 내일 돌려주기로 했어요. 틸리 볼터는 자기 구슬 반지를 오후 내내 끼게 해 줬어요. 다락방에 있는 낡은 바늘꽂이에서 진주 구슬 몇 개만 빼서 반지를 만들어도 돼요? 참, 마릴라 아주머니, 제인 앤드루스한테 들었는데, 미니 맥퍼슨이 그랬대요. 프리시 앤드루스가 사라 길리스한테 제 코가 정말 예쁘다고 말하는 걸 들었다고요. 마릴라 아주머니, 그런 칭찬은 태어나서 처음 들어봤어요. 그 말을 듣고 기분이 얼마나 묘했는지 모르실 거예요. 아주머니, 제 코가 정말 예뻐요? 아주머니는 거짓말을 안 하시잖아요."

앤이 기분 좋게 말했다.

"그런대로 괜찮지."

마릴라가 무뚝뚝하게 대꾸했다. 속으로는 앤의 코가 감탄스러울 정도로 예쁘다고 생각했지만, 그렇게 말해 주지는 않을 작정이었다.

그게 벌써 3주 전이었고 아직까지는 모든 게 순탄했다. 그리고 싱그러운 9월 그날 아침, 에이번리에서 가장 행복한 두 아이, 앤과 다이애나는 발걸음도 경쾌하게 '자작나무 길'을 따라 걸었다.

"길버트 블라이드가 오늘 학교에 와. 길버트는 여름 내내 뉴브런즈윅에 있는 사촌 집에서 지내다가 토요일 밤에서야 집에 왔대. 그 애는 정말 잘생겼어, 앤. 그리고 여자애들한테 못된 장난도 잘 치고, 얼마나 못살게 괴롭힌다고."

하지만 다이애나는 못살게 괴롭힘을 당하더라도 오히려 좋다는 듯한 목소리였다.

"길버트 블라이드? 현관 벽에 줄리아 벨이랑 같이 이름이 적혀 있는 애? 위에 큼지막하게 '주목'이라고 쓰인 거기?"

"맞아. 하지만 줄리아 벨을 별로 좋아하지 않는 거 같

아. 전에 줄리아의 주근깨를 세면서 구구단 공부를 한다고 말하는 걸 들었거든."

다이애나가 고개를 살짝 들면서 말했다.

앤이 애원하는 목소리로 말했다.

"아, 내 앞에서 주근깨 얘기는 하지 말아 줄래. 나처럼 주근깨투성이인 사람한테 그런 말은 상처야. 하지만 벽에다 여자애랑 남자애 이름을 적어 놓고 주목이니 하는 건 정말 바보 같은 짓이야. 누구든 감히 내 이름 옆에 남자애 이름을 써넣기만 해 봐."

앤은 얼른 덧붙여 말했다.

"그럴 사람은 물론 없겠지만."

앤이 한숨을 쉬었다. 이름이 적히는 건 싫었다. 하지만 이름이 적힐 일도 없다고 생각하니 약간 굴욕감이 들었다.

"말도 안 돼."

다이애나가 말했다. 다이애나는 새까만 두 눈과 윤기 흐르는 머릿결로 에이번리 남학생들의 마음을 뒤흔든 덕에, 현관 벽을 장식한 '주목'에 대여섯 번 이름을 올렸다.

"그건 그냥 장난이야. 그리고 네 이름이 안 적힐 거라고 장담하진 마. 찰리 슬론이 너한테 완전히 반했잖아. 그 애가 자기 엄마한테 그랬대. 네가 학교에서 제일 똑똑한 여자애라고. 예쁘다는 것보다 더 좋은 말이잖아."

"아냐, 그렇지 않아. 난 똑똑한 것보다 예쁜 게 더 좋아. 그리고 찰리 슬론은 싫어. 딱부리눈을 한 남자애는 꼴도 보기 싫어. 만약 누가 내 이름을 찰리 슬론이랑 같이 벽에 적으면 가만 안 있을 거야, 다이애나 배리. 하지만 계속 1등을 하는 게 아주 기분 좋기는 해."

앤이 뼛속까지 여성스러운 사람처럼 말했다.

"오늘부터 길버트도 한 반이야. 그동안 길버트가 반에서 1등을 도맡았어. 길버트는 조금 있으면 열네 살이 되는데 이제 겨우 4학년 과정을 배우고 있어. 4년 전에 길버트 아버지가 건강이 안 좋아서 앨버타에서 요양을 하셨는데, 그때 길버트도 아버지를 따라갔거든. 앨버타에서 3년 동안 있으면서 학교는 거의 안 다녔대. 그러니까 이제부터 1등 하기가 쉽지는 않을걸, 앤."

다이애나가 말했다. 앤은 다이애나의 얘기가 끝나기 무섭게 말했다.

"잘됐다. 아홉 살, 열 살짜리들 사이에서 1등을 하는 게 사실 그렇게 자랑스럽지는 않으니까. 어제 일어서서 '비

등(ebullition)'의 철자를 말했어. 조시 파이가 먼저 말했는데, 글쎄, 그 애가 책을 훔쳐보는 거야. 필립스 선생님은 프리시 앤드루스를 쳐다보느라 못 봤지만 나는 봤어. 경멸하는 눈으로 차갑게 쳐다봤더니 얼굴이 홍당무처럼 빨개져서는 결국 철자를 틀리더라고."

그때 둘은 큰길로 나가는 울타리를 넘고 있었는데, 다이애나가 분통을 터뜨렸다.

"파이네 여자애들은 전부 속임수 천재들이야. 어제는 거티 파이가 개울에서 자기 우유를 내 자리에 담가둔 거야. 어떻게 그럴 수가 있니? 이제 개랑은 말도 안 할 거야."

필립스 선생님이 교실 뒤편에서 프리시 앤드루스의 라틴어를 듣고 있을 때 다이애나가 앤에게 속삭였다.

"앤, 네 자리에서 통로 바로 건너편에 앉은 애가 길버트 블라이드야. 봐봐, 네가 보기에도 잘생겼는지."

앤이 다이애나가 가리킨 자리를 보았다. 길버트 블라이드라는 아이는 앞자리에 앉은 루비 길리스의 길게 땋은 금발머리를 의자 등받이에 몰래 핀으로 꽂아 놓느라 정신이 팔려 있었다. 그래서 앤이 마음 놓고 살펴보기에 딱 좋았다. 길버트는 키가 컸고 머리카락은 구불거리는 갈색이었다. 담갈색 눈에 장난기가 가득했고 입술을 비틀어 올리며 웃으면 짓궂어 보였다. 이내 루비 길리스가 선생님께 셈의 답을 말하려고 일어나려다 머리카락이 뿌리째 뽑히는 느낌에 조그맣게 비명을 지르며 도로 의자에 주저앉았다. 아이들의 시선이 전부 루비에게 쏠렸고, 필립스 선생님이 엄한 눈으로 쳐다보자 루비는 울음을 터뜨렸다. 길버트는 재빨리 핀을 감추고는 세상에서 가장 진지한 얼굴로 역사책을 읽었다. 그러나 소란이 가라앉자 앤을 쳐다보며 장난기 가득한 얼굴로 윙크를 했다.

앤은 다이애나에게 솔직히 말했다.

"길버트 블라이드가 잘생긴 건 맞아. 하지만 너무 뻔뻔한 거 같아. 잘 모르는 여자애한테 윙크를 하는 건 예의가 없는 거지."

하지만 진짜 사건은 그날 오후에 터지고 말았다.

필립스 선생님이 교실 뒤쪽 구석에서 프리시 앤드루스에게 대수학 문제를 설명하고 있어서, 학생들은 각자 하고 싶은 대로 초록 사과를 먹거나 재잘거리거나 석판에 그림을 그리거나 귀뚜라미를 실로 묶어 통로에서 왔다 갔다 경주를 시키며 놀았다. 길버트 블라이드는 앤 셜리를 자기 쪽으로 돌아보게 만들려고 애썼지만 번번이 실패했다. 그 순간 앤은 길버트 블라이드뿐 아니라 에이번리 학교에 있는 그 누구도 전혀 안중에 없었기 때문이다. 양손으로 턱을 괸 앤의 눈은 '반짝이는 호수'가 언뜻언뜻 푸른빛을 드러내는 서쪽 창에 못 박혀 있었다. 앤은 저 먼 환상의 세계로 떠나 있어서 자기 머릿속의 황홀한 그림 말고는 아무것도 들리지도, 보이지도 않았다.

길버트 블라이드는 여자아이의 시선을 끌어야 하는 입장이 되어본 적도 없었고, 또 시선 끌기에 실패한 경우도 거의 없었다. 갸름한 턱에 커다란 두 눈을 가진 빨강 머리 여자아이 셜리. 에이번리의 여느 여학생들과는 다른 그 아이도 자신을 쳐다봐야 했다.

길버트는 통로를 가로질러 팔을 뻗더니 길게 땋은 앤의 빨강 머리 끝을 잡고 쭉 잡아당기며 날카롭게 속삭였다.

"홍당무! 홍당무!"

그때서야 앤이 활활 타오르는 눈으로 길버트를 쳐다봤다!

쳐다보기만 한 게 아니었다. 앤은 튀어 오르듯 일어났다. 상상의 세계는 돌이킬 수 없이 산산조각이 났다. 앤은 분노로 이글거리는 눈길을 길버트에게 던졌고, 화가 난 나머지 눈물까지 글썽였다.

"이 비열한 나쁜 놈아! 어떻게 그런 말을!"

앤이 격한 목소리로 외쳤다.

그다음 '픽' 하는 소리가 났다. 앤이 석판으로 길버트의 머리를 내리쳤고 깔끔하게 두 동강이 났다. 머리가 아니라 석판이.

에이번리 학생들은 늘 이런 소동을 좋아했다. 이번 소동은 특히나 재미있는 사건이었다. 모두가 놀라면서도 신나서 "와!" 하고 탄성을 질렀다. 다이애나는 너무 놀라서 숨도 못 쉴 지경이었다. 워낙 감정 조절이 안 되는 루비 길리스는 울음을 터뜨렸다. 토미 슬론은 경주를 하던 귀뚜라미들이 모두 도망을 가든 말든 입을 떡 벌린 채 마치 시간이 멈춰 버린 듯 멍하니 그 광경을 바라봤다.

필립스 선생님이 성큼성큼 통로를 걸어오더니 한 손을 앤의 어깨에 털썩 얹었다.

"앤 셜리, 이게 무슨 짓이냐?"

선생님이 화난 목소리로 물었다. 앤은 아무 대답도 하지 않았다. '홍당무'라는 소리를 들었다고 전교생 앞에서 말할 수가 없었다. 길버트가 용기를 내서 말했다.

"제 잘못입니다, 필립스 선생님. 제가 앤을 놀렸어요."

필립스 선생님은 길버트의 말에는 신경도 쓰지 않았다.

"내 학생 중에 이렇게 고약하고 옹졸한 아이가 있다니 안타깝구나. 앤, 나머지 오후 시간 동안 칠판 앞 교단에 서 있거라."

필립스 선생님이 근엄한 목소리로 말했다. 마치 자기 학생이라면 누구든 그 어리고 불완전한 마음속에서 악하고 나쁜 감정들을 모두 뿌리 뽑아 주겠다는 듯한 목소리였다.

앤은 차라리 매라면 백 대도 더 맞을 수 있을 것 같았다. 섬세한 앤의 영혼은 채찍을 맞은 것처럼 바르르 떨렸다. 앤은 하얗게 질려 굳은 얼굴로 선생님의 말에 따랐다. 필립스 선생님은 앤의 머리 위 칠판에 분필로 이렇게 적었다.

"앤 셜리는 성질이 고약합니다. 앤 셜리는 화를 참는 법을 배워야 합니다."

그러고는 읽을 줄은 모르지만 무슨 뜻인지는 알아들을 어린 학생들까지 들을 수 있도록 큰 소리로 읽었다.

앤은 오후 내내 그 글씨 아래에 서 있었다. 울거나 고개를 푹 숙이거나 하지는 않았다. 여전히 화가 뜨겁게 솟구쳐서 지독한 굴욕감을 이기고 버틸 수 있었다. 화 때문에 이글거리는 눈과 빨갛게 달아오른 뺨을 하고 앤은 다이애나의 동정 어린 눈빛과 찰리 슬론의 분개한 끄덕임과 조시 파이의 밉살스런 웃음을 똑바로 마주했다. 그러나 길버트 블라이드에게는 눈길 한 번 주지 않았다. 다시는 그 애를 거들떠보지 않을 생각이었다! 말도 걸지 않을 것이다!

수업이 끝나자 앤은 빨강 머리를 꼿꼿이 치켜들고 당당히 학교를 걸어 나왔다. 길버트 블라이드가 현관문 앞에서 앤을 막아서려 하면서, 깊이 뉘우치는 목소리로 속삭이듯 말했다.

"머리를 가지고 놀려서 정말 미안해, 앤. 진심이야. 이제 그만 화 풀어."

앤은 들은 척도 않고 쳐다보지도 않은 채 무시하고 획 지나갔다.

"아, 어떻게 그럴 수 있었어, 앤?"

큰길을 걸어 내려오면서 다이애나가 반은 책망하듯,

반은 감탄하듯 소리 죽여 물었다. 다이애나는 길버트가 애원하면 도저히 외면할 수 없을 것 같았다.

앤은 단단히 결심한 듯 말했다.

"절대로 길버트 블라이드를 용서하지 않을 거야. 필립스 선생님도 내 이름 끝에 'e'를 빠뜨렸어. 내 영혼은 고난에 빠졌어, 다이애나."

다이애나는 앤의 말뜻을 조금도 알아듣지 못했지만 뭔가 끔찍한 뜻임은 느꼈다. 다이애나는 앤의 마음을 풀어 주려고 했다.

"길버트가 네 머리를 놀린 건 신경 쓸 거 없어. 길버트는 여자애들을 전부 다 그렇게 놀려. 내 머리가 까맣다고 얼마나 비웃는데. 까마귀라고 열 번도 넘게 그랬어. 더구나 길버트가 사과하는 건 한 번도 본 적이 없어."

"까마귀와 홍당무는 엄연히 달라. 길버트 블라이드는 내게 참을 수 없이 고통스러운 상처를 줬어, 다이애나."

앤이 무게를 잡으며 말했다.

별다른 사건이 더 일어나지 않았다면 문제는 더 크게 불거지지 않고 그대로 지나갔을 것이다. 그러나 원래 일이란 게 꼬리를 물고 찾아드는 법이다.

에이번리의 학생들은 점심시간에 종종 언덕 너머 벨 씨네 넓은 목초지 건너에 있는 가문비나무 숲에서 송진을 모으며 시간을 보내곤 했다. 그곳에서는 선생님이 하숙하는 이븐 라이트 씨네 집이 바로 내려다보였다. 그래서 필립스 선생님이 집을 나서는 모습이 보이면 아이들은 학교를 향해 내달렸다. 하지만 아이들이 달리는 길은 라이트 씨네 집에서 학교까지 난 오솔길보다 세 배는 더 길어서, 숨이 차서 헐떡거리기 일쑤고 어떤 아이들은 3분쯤 늦기도 했다.

다음 날 필립스 선생님은 불현듯 반 분위기를 다잡아야겠다는 생각이 들어, 점심을 먹으러 교실을 나서면서 자기가 돌아올 때까지 모두 자리에 앉아 있으라고 말했다. 늦게 오는 사람에게는 벌을 주겠다고 했다.

남자아이들 전부와 여자아이들 몇 명은 '한 번 씹을 만큼'만 송진을 모아 오겠다고 마음을 단단히 먹고 여느 때처럼 벨 씨네 가문비나무 숲으로 향했다. 하지만 아이들은 이내 가문비나무 숲에 마음을 빼앗겼고 노란 송진 덩어리를 모으는 일에 푹 빠졌다. 아이들은 송진을 모으며 이곳저곳을 어슬렁거렸다. 그러다가 평소처럼 우람한 늙은 가문비나무 위에서 지미 글로버가 "선생님이 오신다"
라고 외쳤을 때에야 시간이 그렇게 많이 흘렀다는 사실
을 깨달았다.

땅 위에 있던 여자아이들이 먼저 달리기 시작해 간당
간당하게 학교에 도착했다. 허겁지겁 나무에서 내려와야
했던 남자아이들은 그보다 조금 늦었다. 그리고 송진 같
은 것은 모으지 않았지만 숲속 깊숙이까지 들어가 행복
하게 거닐던 앤이 가장 늦었다. 앤은 허리까지 올라오는
고사리들 사이에서 마치 그늘진 땅의 여신이라도 된 양
백합으로 화관을 만들어 쓰고 혼자 가만히 노래를 부르
며 거닐었다. 하지만 앤은 사슴처럼 달려, 꼬마 도깨비처
럼 문 앞에서 남자아이들을 앞질러 교실로 미끄러져 들
어갔다. 필립스 선생님은 모자를 걸고 있었다.

분위기를 다잡겠다던 필립스 선생님의 열의는 금세 사
그라들었다. 십여 명이나 되는 학생들을 혼내려니 귀찮기
도 했다. 하지만 말을 뱉었으니 지키는 모양새라도 취해
야 했다. 희생양을 찾아 교실을 둘러보던 필립스 선생님
의 눈에 이제 막 자리에 앉아 가쁜 숨을 고르는 앤의 모
습이 들어왔다. 미처 벗지 못한 백합 화관이 한쪽 귀 위로

삐딱하게 걸쳐 있었고 머리는 헝클어져 유난히 불량해 보였다.

"앤 셜리, 넌 남자아이들과 몰려다니는 걸 참 좋아하는 거 같구나. 오늘 오후에는 네가 좋아하는 대로 해 주마. 머리에 그 꽃들 치우고 길버트 블라이드 옆자리에 가서 앉아라."

선생님이 비아냥거리듯 말했다.

남자아이들이 킥킥거렸다. 동정심에 얼굴이 하얗게 질린 다이애나는 앤의 머리에서 화관을 벗겨 내고 손을 꼭 잡아 주었다. 앤은 돌처럼 굳어서 선생님을 빤히 쳐다봤다.

필립스 선생님이 엄하게 다그쳤다.

"내 말 못 들었니, 앤?"

"아뇨, 들었어요. 하지만 그냥 하신 말씀이라고 생각했습니다."

앤이 어릿어릿 입을 열었다.

"그냥 한 얘기가 아니다. 당장 시키는 대로 해."

여전히 비아냥거리는 말투였다. 다른 아이들은 물론이고 특히 앤이 질색하는 말투였다. 아픈 상처를 한 번 더 찔리는 기분이었다.

잠깐 동안 앤은 그 말에 따를 생각이 없는 것처럼 보였다. 그러나 앤은 어쩔 수 없다는 사실을 깨닫고 일어나서 길버트 블라이드 옆자리에 가 앉더니 팔에 얼굴을 묻고 책상에 엎드렸다. 그 모습을 힐끗 보던 루비 길리스는 하굣길에 다른 아이들에게 이렇게 말했다.

"그런 얼굴은 정말 처음 봤어. 새하얀 얼굴에 깨알 같은 빨간 점들이 엄청나더라니까."

앤은 모든 게 끝난 기분이었다. 열 명이 넘는 아이들이 똑같이 잘못을 저질렀는데 혼자만 벌을 받는 것도 억울한데 남자아이와 짝이 되다니 기가 막혔다. 게다가 길버트 블라이드라니! 앤은 참을 수도 없었고, 참으려고 해 봐야 아무 소용도 없었다. 온몸과 마음이 수치심과 분노와 굴욕감으로 부글거렸다.

처음에는 아이들도 쳐다보고 수군거리고 팔꿈치로 서로를 쿡쿡 찌르며 킥킥거렸다. 하지만 앤은 절대 고개를 들지 않았다. 곧 길버트도 분수 공부에만 정신이 팔린 듯 집중했고 아이들도 곧 각자 할 일을 하며 앤의 일을 잊었다. 필립스 선생님이 역사 수업 시간이라고 소리쳤을 때 앤도 나가야 했다. 그러나 앤은 꼼짝도 하지 않았다. 역사 시간 전부터 〈프리시에게〉라는 시를 쓰고 있던 필립스 선생님은 잘 풀리지 않는 시구를 생각하느라 앤이 없는 것도 알아채지 못했다. 아무도 보지 않을 때 길버트는 금색 글씨로 '너는 달콤해'라고 적힌 하트 모양의 작은 분홍색 사탕을 책상에서 꺼내 앤의 팔꿈치 밑으로 슬쩍 밀어 넣었다. 그러자 앤이 일어서서 손끝으로 조심스레 사탕을 집어 바닥에 떨어뜨리더니 가루가 되도록 발꿈치로 뭉개 버린 뒤, 길버트에게는 눈길 한 번 건넬 가치조차 없다는 듯이 다시 책상에 엎드렸다.

수업이 다 끝나자 앤은 원래 자리로 성큼성큼 걸어가 책과 필기판, 펜과 잉크, 성경책과 산수책 등 책상 안의 물건들을 보란 듯이 몽땅 꺼내더니 깨진 석판 위에 가지런히 올렸다.

"그건 다 집에 가져가서 뭐하려고, 앤?"

다이애나가 학교를 벗어나자마자 물었다. 학교 안에서는 물어볼 엄두도 나지 않았던 것이다.

"내일부터 학교에 안 갈 거야."

앤의 대답에 다이애나는 숨이 멎을 듯 놀라 진심인지 확인하려는 듯 앤을 빤히 쳐다봤다.

"마릴라 아주머니가 허락하실까?"

"그러셔야 할 거야. 난 그 선생님이 있는 학교는 절대 가지 않을 거니까."

"아, 앤! 그건 너무해. 난 어떻게 해? 필립스 선생님이 날 그 못된 거티 파이랑 같이 앉으라고 하실 거야. 그 애가 지금 혼자 앉아 있으니 당연히 그렇게 되겠지. 제발 학교에 와 줘, 앤."

다이애나는 금방이라도 울음을 터뜨릴 것 같았다.

"너를 위해서라면 뭐든지 할 수 있어, 다이애나. 너한테 조금이라도 도움이 된다면 내 몸이 갈기갈기 찢긴대도 괜찮아. 하지만 이건 안 돼. 그러니까 제발 나한테 그런 부탁은 하지 말아 줘. 그러면 내가 너무 힘들어."

앤이 슬픈 목소리로 말했다.

다이애나는 너무나 침울해졌다.

"재밌는 일들을 이제 못한다고 생각해 봐. 우린 개울가에 새집을 진짜 예쁘게 지을 거야. 다음 주엔 공놀이도 할 건데, 넌 한 번도 안 해 봤잖아, 앤. 정말 굉장히 재밌어. 그리고 새로운 노래도 배울 거야. 제인 앤드루스가 지금 연습하고 있어. 또 다음 주에 앨리스 앤드루스가 팬지 작가

가 새로 쓴 책도 갖고 올 거랬어. 다 같이 개울가에 가서 한 장씩 낭독할 거야. 너도 낭독하는 거 좋아하잖아, 앤."

앤은 조금도 흔들리지 않았다. 앤은 마음을 단단히 먹고 있었다. 다시는 필립스 선생님이 있는 학교에 가지 않을 작정이었다. 집으로 돌아온 앤은 마릴라에게 그렇게 말했다.

"말도 안 되는 소리."

마릴라가 말했다.

앤은 원망하는 눈빛을 하고는 마릴라를 진지하게 마주 보았다.

"말도 안 되는 소리가 아니에요. 이해 못하시겠어요, 아주머니? 전 모욕을 당했다고요."

"무슨 모욕을 당해! 내일도 평소와 다름없이 학교에 가야 한다."

앤이 가만히 고개를 저었다.

"아니요, 안 가요. 학교에 안 갈 거예요, 아주머니. 집에서 공부도 하고 최대한 착한 아이가 될게요. 할 수만 있다면 하루 종일 입도 다물고 있을게요. 하지만 학교는 절대로 안 갈 거예요."

마릴라는 앤의 작은 얼굴에서 완강한 고집을 고스란히 읽어냈다. 그리고 그 고집을 꺾기가 쉽지 않으리란 사실도 깨달았다. 마릴라는 지혜롭게도 더 이상 아무 말도 하지 않는 쪽을 택했다.

'이 문제는 저녁에 린드 부인을 만나 상의해 봐야겠어. 지금은 앤한테 아무리 말해 봐야 소용없겠어. 워낙 흥분한 상태기도 하고 한번 마음먹으면 보통 고집이 아니니까. 저 아이 말을 들어보면 필립스 선생님도 너무 독선적인 거 같군. 그래도 애한테 그렇게 얘기할 수는 없지. 일단 린드 부인과 상의해 보자. 아이를 열이나 학교에 보냈으니 이런 문제도 아는 게 있겠지. 지금쯤이면 벌써 소식을 다 들었겠군.'

마릴라가 찾아갔을 때 린드 부인은 여느 때처럼 활기차고 부지런하게 침대보를 누비고 있었다.

"제가 왜 왔는지 알죠?"

마릴라가 약간 겸연쩍은 얼굴로 말했다.

린드 부인은 고개를 끄덕였다.

"학교에서 앤이 벌인 소동 때문이겠죠. 틸리 볼터가 집에 가는 길에 여기 들러 얘기해 주더군요."

"그 아이를 어떻게 해야 좋을지 모르겠어요. 다시는 학교에 가지 않겠대요. 애가 그렇게 흥분하는 건 처음 봐요. 학교에 보낼 때 문제를 일으킬 수도 있겠다고 줄곧 생각은 했죠. 그동안 아무 일이 없어서 곧 터질 것 같기도 했어요. 지금은 앤이 너무 예민해져 있어요. 어떻게 하면 좋을까요, 레이철?"

"글쎄요, 내 생각을 물어보니 말인데요, 마릴라. 난 처음엔 살짝 기분을 맞춰 주겠어요. 나라면 그럴 거예요. 내 생각에는 필립스 선생님이 잘못을 했어요. 물론 아이들한테는 그렇게 말하면 안 되겠지만요. 어제 앤이 화를 못 이겨서 벌을 준 건 당연하다고 생각해요. 하지만 오늘 일은 다르죠. 늦게 온 다른 학생들에게도 앤하고 똑같이 벌을 줬어야죠. 게다가 벌로 여자아이를 남자아이와 같이 앉히다니 그건 옳지 않아요. 좋은 방법이 아니죠. 틸리 볼터도 단단히 화가 났더라고요. 그 앤 완전히 앤 편이었어요. 다른 학생들도 자기와 같다고 하더군요. 어쨌거나 앤이 아이들 사이에서 인기는 좋은가 봐요. 앤이 아이들과 그렇게 잘 지낼 줄은 정말 몰랐어요."

린드 부인이 상냥하게 대답해 줬다. 린드 부인은 다른

사람이 자신에게 조언을 구하는 것을 꽤나 좋아했다.

"그럼 앤을 학교에 보내지 않는 게 낫다는 말이에요?"

마릴라가 놀라서 물었다.

"그래요. 그러니까 나라면 앤이 먼저 말을 꺼낼 때까지 학교 얘기는 하지 않겠어요. 그렇게 하면 마릴라, 그 애는 일주일 정도 지나면 마음을 가라앉히고 스스로 학교에 돌아갈 마음이 들 거예요. 반면에 앤을 당장 억지로 학교에 보내려고 하면, 또 무슨 성질을 부리고 엉뚱한 짓을 해서 더 큰 문제를 만들지 아무도 몰라요. 그러니까 제 생각에는 별일 아닌 듯 넘기는 게 더 좋을 거 같아요. 지금 같아서는 앤이 학교에 안 가도 크게 잃을 게 없어요. 어쨌든 필립스 선생님은 교사로서 자질이 전혀 없어요. 수업 방식을 두고도 얼마나 말들이 많다고요. 어린애들은 신경도 안 쓰고 퀸스에 들어갈 큰 애들하고만 온종일 붙어 있고 말이에요. 삼촌이 학교 이사가 아니었으면 학교에서 일하지도 못했을 거예요. 그 삼촌이 다른 이사 두 명을 완전히 쥐고 흔들어 댄다니까요. 정말 이 섬은 교육이 어떻게 되어가고 있는 건지 모르겠어요."

린드 부인은 마치 자기가 이 지역 교육 책임자였다면

훨씬 더 관리를 잘할 수 있었다는 듯이 고개를 절레절레 저었다.

마릴라는 린드 부인의 충고를 받아들여 앤에게 학교에 가라는 말을 더는 꺼내지 않았다. 앤은 집에서 공부하면서 집안일을 거들었고, 자줏빛 가을 노을이 내리는 쌀쌀한 저녁이 되면 다이애나를 만나 놀았다. 하지만 큰길이나 주일학교에서 길버트 블라이드를 마주치면 얼음장처럼 차갑게 휭하니 지나쳤다. 길버트는 앤의 기분을 풀어 주려는 기색이 역력했지만 앤의 태도는 조금도 누그러지지 않았다. 가운데서 두 사람을 화해시키려는 다이애나의 노력도 소용이 없었다. 앤은 길버트 블라이드를 죽을 때까지 미워하기로 마음을 굳힌 게 분명해 보였다.

하지만 길버트를 미워하는 만큼 앤은 작은 가슴 한가득 열정을 담아 다이애나를 사랑했다. 길버트가 미운 마음이나 다이애나가 좋은 마음이나 똑같이 불길처럼 뜨거웠다. 어느 날 저녁, 마릴라는 사과가 담긴 바구니를 들고 과수원에서 돌아오다가 앤이 노을에 물든 다락방 창가에 앉아 엉엉 우는 모습을 봤다.

"도대체 왜 그러니, 앤?"

앤이 요란하게 훌쩍거렸다.

"다이애나 때문에요. 전 다이애나가 정말 좋아요, 아주머니. 다이애나가 없으면 한시도 못 살 거예요. 하지만 어른이 되면 다이애나는 결혼해서 먼 곳으로 떠날 거잖아요. 그러면, 아, 전 어떻게 해야 하죠? 전 다이애나의 남편이 미워요. 죽도록 미워요. 이런 상상을 하고 있었어요. 결혼하는 모습이랑 이런저런 일들을요. 다이애나가 눈처럼 새하얀 드레스를 입고 면사포를 쓴 모습이 여왕처럼 기품 있고 아름다운 거예요. 저도 신부 들러리가 돼서 볼록 소매가 달린 예쁜 드레스를 입었는데, 얼굴은 웃고 있지만 마음은 찢어질 듯이 아픈 거죠. 그리고 다이애나에게 '안녕'이라고 하는데에에……."

여기까지 말한 앤은 슬픔을 주체하지 못하고 점점 더 서럽게 울어댔다.

마릴라는 터져 나오는 웃음을 보이지 않으려고 얼른 얼굴을 돌렸다. 하지만 그런 노력은 곧 수포로 돌아갔다. 마릴라는 옆의 의자에 쓰러지다시피 앉아서 평소답지 않게 한바탕 큰 웃음을 터뜨렸다. 마당을 지나가던 매슈가 놀라서 걸음을 멈췄다. 마릴라가 그렇게 웃는 소리를 들었던 게 언제였던가?

마릴라는 간신히 웃음을 가라앉히고 말했다.

"그래, 앤 셜리. 그렇게 없는 일도 만들어서 걱정을 해야겠거든 집안일이나 걱정하렴. 상상력이 많다는 건 알고 있었다만 정말 못 말리겠구나."

16

다이애나를 초대했지만 비극으로 끝나다

초록 지붕 집의 10월은 아름다웠다. 골짜기의 자작나무들은 햇살을 닮은 금빛으로 물들었고, 과수원 뒤편의 단풍나무는 화려한 진홍색을 띠었다. 오솔길을 따라 늘어선 벚나무는 검붉은색과 청동빛 초록색으로 더없이 아름다운 색을 걸쳤다. 추수가 끝난 들판도 햇볕을 쬐고 있었다.

앤은 자신을 둘러싼 빛깔의 세계에 마음껏 빠져들었다.

어느 토요일 아침, 앤이 멋진 나뭇가지를 한아름 들고 춤추듯 들어오며 외쳤다.

"아, 아주머니. 세상에 10월이 있다는 것만으로도 정말 기뻐요. 9월에서 11월로 바로 넘어가 버리면 정말 끔찍하겠죠? 이 단풍나무 가지들 좀 보세요. 막 가슴이 설레지 않으세요? 이 나뭇가지들로 제 방을 꾸밀 거예요."

미적 감각이라곤 그다지 타고나지 못한 마릴라가 말했다.

"지저분하게. 네 방은 온통 밖에서 주워온 것투성이더구나. 침실은 잠자는 곳이야."

"아, 또 꿈을 꾸는 곳이고요, 아주머니. 방에 예쁜 물건이 많으면 훨씬 좋은 꿈을 꿀 수 있잖아요. 이 나뭇가지들은 오래된 파란 항아리에 꽂아서 탁자 위에 둘 거예요."

"그럼 계단 여기저기에 나뭇잎이 떨어지지 않게 조심해라. 난 봉사회 모임이 있어서 오후에 카모디에 갈 거란다. 해가 진 뒤에나 돌아올 거 같구나. 네가 매슈 아저씨와 제리의 저녁을 챙겨야 하니까, 지난번처럼 까먹지 말고 식탁에 앉기 전에 차부터 끓이거라."

"그땐 잊어버려서 저도 덜컹했어요. 하지만 그날 오후엔 '제비꽃 골짜기'의 이름을 생각하느라 정신이 없어서 다른 생각을 할 수가 없었어요. 매슈 아저씨께 참 고마웠어요. 조금도 혼내지 않으셔서요. 혼만 안 내신 게 아니라 차까지 직접 내리면서 잠깐 기다리면 된다고 하셨어요. 그래서 기다리는 동안 아저씨께 예쁜 요정 이야기를 해 드렸더니 기다리는 시간이 하나도 지루하지 않으시대요. 아름다운 이야기였거든요, 아주머니. 이야기가 어떻게 끝 나는지 생각이 안 나서 마지막은 제가 지어냈는데, 매슈 아저씨는 어디까지가 진짜 이야기고 어디서부터 지어낸 이야긴지 모르겠다고 하셨어요."

앤이 변명조로 말했다.

"매슈 오라버니는 네가 한밤중에 일어나 점심을 먹자 해도 괜찮다고 하실 게다. 그래도 이번에는 정신 잘 차리 거라. 그리고 말이다, 내가 잘하는 건지 모르겠는데⋯⋯ 이 얘길 들으면 더 정신 팔리지 않을까 싶다만, 아무튼 낮 에 다이애나를 불러서 같이 차를 마시며 놀아도 된단다."

앤이 두 손을 꼭 맞잡았다.

"와, 아주머니! 너무 좋아요! 역시 아주머니도 상상력이 있으셨군요. 그게 아니면 제가 그걸 얼마나 바랐는지 절대 모르셨을 테니까요. 신나기도 하고 어른이 된 기분도 들어 요. 손님이 오면 차를 준비하는 걸 잊을 일도 없겠어요. 아,

아주머니. 장미꽃무늬 찻잔 세트를 써도 되나요?"

"그건 안 된다! 장미꽃무늬 찻잔 세트라니! 어디까지
갈 셈이냐? 그건 나도 목사님이 오시거나 봉사회 모임이
있을 때만 쓴다는 걸 알잖니. 갈색 찻잔을 쓰거라. 대신
노란색 단지에 있는 체리잼은 먹어도 된단다. 얼추 먹을
때가 됐어. 맛이 들었을 게야. 과일 케이크도 덜어서 내고
쿠키와 생강 비스킷도 같이 먹으렴."

앤이 황홀한 얼굴로 눈을 감았다.

"탁자 상석에 앉아서 차를 따르는 제 모습이 상상이 돼
요. 그러고는 다이애나에게 설탕을 넣겠냐고 묻는 거예
요! 당연히 설탕은 넣지 않는다는 걸 알지만, 마치 모르
는 것처럼요. 과일 케이크를 한 조각 더 먹으라고 접시를
밀어 주고 잼도 더 권하고요. 아, 아주머니, 생각만으로도
신나요. 다이애나가 오면 손님방으로 데려가 모자를 벗으
라고 해도 되나요? 그런 다음에 응접실에 앉아도 돼요?"

"안 된다. 너랑 네 손님은 거실이면 되지. 요전날 밤에
교회 사람들을 대접했던 산딸기 주스가 반병 남았단다. 거
실 벽장 두 번째 선반에 있으니까 먹고 싶으면 과자도 내
서 오후에 다이애나랑 같이 먹거라. 매슈 오라버니는 배에

실을 감자를 나르느라 아마 차 마시러 느지막이 올 게다."

앤은 골짜기로 한달음에 달려갔다. '드라이어드 샘'을 지나고 가문비나무 숲을 달려 과수원집에 도착한 앤은 다이애나를 초대했다. 마릴라가 카모디로 떠나자마자, 다이애나는 두 번째로 좋은 옷을 입고 초대받은 차 모임에 가기에 딱 좋은 모습으로 찾아왔다. 평소라면 문도 두드리지 않고 부엌으로 뛰어들었겠지만, 이번만큼은 점잔을 빼며 현관문을 두드렸다. 그러자 두 번째로 좋은 옷을 차려입은 앤이 거드름을 피우며 문을 열었고, 두 꼬마 숙녀는 처음 만난 사이처럼 정중하게 악수를 나누었다. 이 어색한 엄숙함은 다이애나가 동쪽 다락방에 모자를 벗어 놓고 거실로 내려와 발을 가지런히 모은 채 10분여 앉아 있는 동안에도 계속됐다.

"어머님은 안녕하시지요?"

앤이 그날 아침 아주 건강하고 활기찬 모습으로 사과를 따던 배리 부인을 만났으면서도 모르는 듯이 예의를 갖춰 물었다.

"네, 아주 잘 지내세요. 고마워요. 커스버트 씨는 오늘 오후에 감자를 싣고 릴리샌즈에 가신다고요?"

그날 아침 매슈의 마차를 타고 하몬 앤드루스의 집에
다녀온 다이애나가 말했다.

"네, 올해는 감자 농사가 아주 잘됐어요. 아버님이 하시
는 농사도 잘되길 빌게요."

"저희도 꽤 좋아요. 고마워요. 사과는 많이 따셨나요?"

앤이 점잔 빼는 것도 잊고 자리에서 벌떡 일어났다.

"맞아, 정말 많이 땄어. 우리 과수원에 빨간 사과 따러
가자, 다이애나. 마릴라 아주머니가 나무에 남은 사과는
다 따 먹어도 된다고 하셨어. 아주머니는 정말 너그러우
셔. 차를 마실 땐 과일 케이크하고 체리잼도 같이 먹으라
고 하셨다니까. 하지만 손님에게 어떤 음식을 내겠다고 미
리 말하는 건 예의가 아니니까, 아주머니가 마셔도 좋다고
하신 음료가 뭔지는 안 알려 줄 거야. '산' 자로 시작하고,
밝은 빨간색이라는 것만 가르쳐 줄게. 밝은 빨간색 음료는
정말 먹음직스럽지 않니? 다른 색보다 두 배는 더 맛있어."

굵은 나뭇가지들이 땅 위로 늘어질 만큼 열매가 소담
스레 열린 과수원이 얼마나 기분 좋은 곳이던지, 두 꼬마
숙녀는 오후 시간 대부분을 그곳에서 보냈다. 두 아이는
포근한 가을 햇살이 따스하게 머물며 서리를 녹여낸 과

수원 한쪽, 초록빛 잔디가 드러난 곳에 앉아 사과를 먹으며 맘껏 떠들었다. 다이애나는 학교에서 있었던 일들을 줄줄이 얘기했다.

"거티 파이와 결국 같이 앉게 됐는데 너무 싫어. 거티가 내내 연필로 끽끽 소리를 내서 그 소리를 들을 때마다 소름이 끼쳐. 루비 길리스는 크리크에 사는 메리 조 할머니가 준 마법의 조약돌로 사마귀를 싹 없앤 거 있지. 초승달이 뜰 때 그 돌로 사마귀를 문지른 다음 왼쪽 어깨 너머로 던졌더니 사마귀가 사라졌대. 찰리 슬론이랑 엠 화이트 이름이 현관 벽에 나란히 적혔어. 그 일로 엠 화이트는 엄청나게 화를 냈어. 샘 볼터가 교실에서 필립스 선생님한테 버릇없이 굴어서 회초리를 맞았는데, 샘의 아버지가 학교에 와서 자기 아들한테 한 번만 더 손찌검을 해 보라며 으름장을 놓고 갔어. 매티 앤드루스가 새로 산 빨간 모자를 쓰고 술이 달린 파란색 옷을 입고 와서는 얼마나 뽐내고 다니는지 몰라. 참, 리지 라이트랑 메이미 윌슨은 서로 말을 안 해. 메이미 윌슨의 언니가 남자친구 때문에 리지 라이트네 언니랑 절교했거든. 모두 널 아주 많이 보고 싶어 하고, 네가 학교에 다시 나오길 바라고 있어. 그리고 길버트 블라이드는……"

하지만 앤은 길버트 블라이드 얘기는 듣고 싶지 않았다. 앤은 자리에서 벌떡 일어나 들어가서 산딸기 주스를 마시자고 말했다.

앤은 거실 벽장을 열어 두 번째 선반을 확인했지만 산딸기 주스병은 없었다. 이리저리 찾아 보니 주스병이 선반 맨 위의 저 안쪽에 있었다. 앤은 주스병을 쟁반에 받쳐 큰 컵과 함께 식탁에 놓고는, 예의를 차리며 말했다.

"자, 많이 드세요, 다이애나. 전 지금은 못 마실 것 같아요. 사과를 많이 먹어서 그런지 마시고 싶은 마음이 없네요."

다이애나는 큰 컵 가득 주스를 따른 뒤 밝은 빨간색 음료를 감탄스럽게 쳐다보고는 우아하게 한 모금 마셨다.

"앤, 정말 맛있는 산딸기 주스예요. 산딸기 주스가 이렇게 맛있는 줄 몰랐어요."

"맛있다니 다행이에요. 마음껏 드세요. 전 나가서 불을 살펴봐야 해요. 살림을 하면 정말 할 일이 많답니다. 그렇지 않나요?"

앤이 부엌에서 돌아왔을 때 다이애나는 컵을 가득 채운 주스를 두 잔째 마시고 있었다. 앤이 더 마시라고 하자, 다이애나도 사양하지 않고 세 잔째 주스를 마셨다. 한

컵 가득 따른 양이 제법 많았는데, 산딸기 주스가 확실히
맛있는 모양이었다.

"내가 마셔 본 것 중에 최고야. 린드 아주머니가 아무리
자랑스레 말씀하셔도, 아주머니네 주스보다 이게 훨씬 더
맛있어. 맛이 전혀 달라."

앤이 당연하다는 듯이 말했다.

"마릴라 아주머니가 만든 산딸기 주스가 린드 아주머
니가 만든 것보다 훨씬 더 맛있다니까. 마릴라 아주머니
요리 솜씨는 유명하잖아. 요즘 내게 요리를 가르쳐 주시
는데, 솔직히 말하면 다이애나, 너무 어려워. 요리에는 상
상할 수 있는 게 거의 없어. 정해진 대로 해야 하니까. 지
난번에 케이크를 만들 땐 밀가루 넣는 걸 깜박했지 뭐야.
너랑 내가 나오는 아름다운 이야기를 생각하고 있었거든.
네가 천연두에 걸려 생명이 위태로운데 모두가 널 버리
고 떠난 거야. 하지만 난 용감하게 네 옆에 남아서 널 간
호하고, 너는 살아나. 그런데 이번엔 내가 천연두에 옮아
서 죽고 말아. 난 포플러나무 아래 묘지에 묻히고, 넌 내
무덤가에 장미나무를 심고 눈물로 물을 주는 거야. 그리
고 너를 위해 목숨을 바친 어린 시절의 친구를 영영 잊지

못하지. 아, 정말 슬픈 이야기야, 다이애나. 케이크 반죽을 만드는 동안 눈물이 비 오듯 쏟아지더라고. 그러다 밀가루 넣는 걸 깜박해서 케이크를 완전히 망쳤어. 밀가루는 케이크 만들 때 기본이잖아. 마릴라 아주머니는 화가 많이 나셨고 나도 아주머니가 그럴 만하다고 생각해. 아주머니에게 난 골칫덩어리야. 지난주에는 푸딩 소스 때문에 크게 망신을 당하셨어. 화요일 점심에 자두 푸딩을 먹고 나서 푸딩 절반이랑 소스가 한 단지 가득 남았거든. 아주머니가 나중에 한 번 더 먹을 수 있겠다면서 뚜껑을 덮어서 벽장 선반에 올려놓으라고 하셨어. 다이애나, 나도 뚜껑을 잘 덮으려고 했지. 그런데 단지를 들고 벽장으로 가다가, 수녀가 된 내 모습이 상상이 되는 거야. 물론 난 기독교지만 상상 속에서는 천주교였어. 상처 받은 마음을 감추려고 베일을 쓰고 수도원에 은둔한 거지. 그러다가 푸딩 소스를 덮는 걸 까맣게 잊은 거야. 다음 날 아침에야 그 생각이 나서 벽장으로 달려갔다니까. 근데 다이애나, 푸딩 소스에 쥐가 한 마리 빠져 죽어 있는 거야. 내가 얼마나 놀랐는지 상상도 못할걸! 난 숟가락으로 쥐를 건져서 뜰에 내다 버린 다음에 그 숟가락을 물로 세 번이

나 닦았어. 마릴라 아주머니는 우유를 짜느라 밖에 나가
계셔서, 아주머니가 들어오시면 그 소스를 돼지에게 줘
도 되는지 물어볼 참이었어. 하지만 아주머니가 들어오셨
을 때 난 서리의 요정이 돼서 숲을 지나가며 나무가 원하
는 색으로 빨갛고 노랗게 물들여 주는 상상 중이었어. 그
바람에 또 푸딩 소스 일을 까맣게 잊었고, 마릴라 아주머
니가 내게 사과를 따오라고 하셨어. 글쎄, 스펜서베일에
서 오신 체스터 로스 씨 내외분이 그날 아침에 우리 집에
오셨거든. 그분들은 정말 멋쟁이시잖아. 특히 체스터 로
스 아주머니 말이야. 마릴라 아주머니가 점심시간에 나를
부르셨을 땐 식탁을 다 차린 뒤였고, 사람들도 전부 자리
에 앉아 있었어. 나는 되도록 예의 바르고 기품 있게 행동
하려고 노력했어. 체스터 로스 아주머니가 날 예쁘진 않
아도 여자답다고 생각해 주시길 바랐거든. 모든 게 순조
로웠어. 그런데 마릴라 아주머니가 한 손에 자두 푸딩을,
다른 한 손에는 따뜻하게 데운 푸딩 소스 단지를 들고 오
시는 거야. 다이애나, 그 순간이 얼마나 끔찍하던지. 모든
기억이 떠오르면서 난 자리에서 벌떡 일어났어. 그러고는
아주머니에게 그 푸딩 소스는 먹으면 안 된다고, 쥐가 그

안에 빠졌었는데 말씀드린다는 걸 깜박 잊었다고 소리치고 말았어. 아, 다이애나, 백 살까지 산다고 해도 그 끔찍했던 순간을 잊지 못할 거야. 체스터 로스 아주머니가 그냥 날 쳐다보기만 한 건데도 너무 창피해서 몸이 마루 밑으로 꺼지는 기분이었어. 그 아주머니는 진짜 완벽한 가정주부인데 우리를 어떻게 생각했겠어. 마릴라 아주머니는 얼굴이 불타오르듯이 새빨개지셨지만 그 자리에선 한 마디도 하지 않으셨어. 푸딩이랑 소스는 그냥 들고 나가시고 딸기잼을 가져오셨더라고. 내 그릇에도 조금 덜어 주셨지만 난 요만큼도 목으로 넘어가지 않았어. 머리 위에 불붙은 석탄 더미를 얹고 있는 느낌이었거든. 체스터 로스 아주머니가 가신 뒤에 마릴라 아주머니한테 꾸중을 심하게 들었어. 어, 다이애나, 너 왜 그래?"

다이애나가 비틀비틀하며 일어섰다. 그러고는 다시 자리에 앉아 두 손으로 머리를 감싸며 잠긴 목소리로 말했다.

"나…… 속이 너무 안 좋아. 집에…… 집에 가야겠어."

"아, 차도 마시지 않고 집에 갈 순 없어. 지금 당장 가져 올게. 가서 바로 차를 내릴게."

앤이 비명을 지르듯 얘기했다.

"나 집에 갈래."

다이애나가 멍하니 고집스럽게 같은 말을 되풀이했다.

"그래도 점심은 먹고 가. 과일 케이크랑 체리잼을 가져 올게. 소파에 잠깐 누워 있으면 괜찮아질 거야. 어디가 안 좋은 거야?"

앤이 애원했다.

"나 집에 갈래."

다이애나는 오로지 가겠다는 말뿐이었다. 앤이 매달려 도 소용없었다.

"차도 안 마시고 가는 손님이 어디 있어. 아, 다이애나, 진짜로 천연두에 걸린 게 아닐까? 만약 그렇다면 내가 널 돌봐 줄게. 정말이야. 난 널 버리지 않아. 하지만 제발 차 는 마시고 가면 좋겠어. 어디가 아파?"

"너무 어지러워."

아닌 게 아니라 다이애나는 정말 비틀비틀 걸었다. 앤 은 실망감에 눈물을 글썽이며 다이애나에게 모자를 가져

다주고 배리 씨네 마당 울타리까지 바래다주었다. 그러고
는 눈물을 흘리며 초록 지붕 집으로 돌아와, 슬픔에 잠겨
남은 산딸기 주스를 벽장 제자리에 넣고는 시무룩하게
매슈와 제리가 마실 차를 준비했다.

이튿날은 일요일이었고, 아침부터 저녁까지 비가 억수
같이 쏟아졌기 때문에 앤은 초록 지붕 집에서 한 발짝도
나가지 못했다. 월요일 오후에 마릴라는 앤에게 린드 부
인의 집에 다녀오라고 심부름을 보냈다. 얼마 되지 않아
앤은 두 뺨에 눈물을 흘리며 오솔길을 달려 집으로 돌아
왔다. 부엌으로 들어온 앤은 소파 위로 쓰러져 얼굴을 묻
었다.

마릴라가 깜짝 놀라 혹시나 하며 물었다.

"이번엔 대체 무슨 일이니, 앤? 또 린드 부인에게 버릇
없이 군 건 아니겠지?"

앤이 더 큰 소리로 서럽게 울었다.

"앤 셜리, 질문을 하면 대답을 해야지. 당장 바로 앉아
서 왜 우는지 말하거라."

앤이 몸을 일으켜 앉았다. 앤은 비극 그 자체인 모습으
로 울먹였다.

"린드 아주머니가 오늘 배리 아주머니를 만나셨는데, 배리 아주머니가 굉장히 화가 나셨대요. 토요일에 제가 다이애나를 취하게 만들어서 남부끄러운 모습으로 집에 보냈다면서요. 제가 천하에 몹쓸 아이라고, 다이애나와 절대로 다시는 못 놀게 하겠다고 하셨대요. 아, 마릴라 아주머니, 너무 괴롭고 슬퍼요."

마릴라가 놀라서 멍하니 앤을 쳐다보다가, 간신히 목소리를 가다듬고 물었다.

"다이애나를 취하게 하다니! 앤, 네가 정신이 나간 거니, 배리 부인이 이상한 거니? 도대체 다이애나한테 뭘 준 게야?"

"산딸기 주스밖에 안 줬어요. 전 산딸기 주스가 사람을 취하게 하는 줄 정말 몰랐어요, 아주머니. 다이애나가 큰 컵으로 세 잔 가득 마시긴 했는데. 아, 마치…… 마치…… 토머스 아저씨 같았어요! 하지만 전 다이애나를 취하게 하려던 게 아니었단 말이에요."

앤이 흐느껴 울었다.

"취하다니, 말도 안 돼!"

마릴라가 거실 벽장으로 걸어갔다. 그런데 선반에 3년

쯤 전에 마릴라가 직접 담근 포도주병이 있었다. 에이번 리에서 마릴라는 포도주를 잘 담그기로 유명했는데, 배리 부인처럼 종교적으로 엄격한 몇몇 사람들은 집에서 포도 주 담그는 것을 강력하게 반대했다. 포도주병이 눈에 들어온 순간, 마릴라는 산딸기 주스를 벽장이 아니라 지하실에 가져다 놓은 사실이 떠올랐다.

마릴라는 포도주병을 들고 부엌으로 돌아왔다. 자기도 모르게 웃음이 나와 얼굴이 실룩거렸다.

"앤, 아무래도 넌 말썽을 일으키는 데 천재로구나. 다이애나한테 산딸기 주스가 아니라 포도주를 줬어. 맛이 다르지 않든?"

"저는 마시지 않았어요. 전 그게 주스인 줄 알았어요. 전 정말…… 정말 대접을 잘하고 싶었어요. 그런데 다이애나가 너무 아파서 집에 갈 수밖에 없었어요. 배리 아주머니는 다이애나가 형편없이 취했다고 그러셨대요. 다이애나한테 왜 그러냐고 물어보니까 바보처럼 실실 웃기만 하다가 잠이 들어서는 몇 시간 동안 일어나지도 못했다는 거예요. 숨 쉴 때 냄새를 맡아 보고 술을 마신 줄 아셨대요. 다이애나는 어제 하루 종일 머리가 깨질 듯이 아팠대요. 배리 아주머니는 화가 단단히 나셨고요. 아주머니는 제가 일부러 그랬다고 생각하실 거예요."

"욕심 부려서 세 잔이나 마신 다이애나도 벌을 좀 받아야겠구나. 주스라도 큰 컵으로 세 잔이나 마셨다면 탈이 났을 게다. 아무튼 포도주를 만든다고 나를 못마땅해 하던 사람들한테는 좋은 얘깃거리가 되겠구나. 목사님이 반대하셔서 지난 3년간 만들지도 않았는데 말이다. 그 포도주는 아플 때 쓰려고 보관하던 거였어. 자, 자, 애야, 울지 마라. 일이 이렇게 돼서 안됐지만 네 탓이 아니야."

마릴라가 퉁명스럽게 말했다.

"울지 않을 수가 없어요. 마음이 너무 아파요. 저 하늘에 떠 있는 별들도 제가 행복한 게 싫은가 봐요, 아주머니. 다이애나와 저는 영영 이별이에요. 아, 아주머니, 처음 우정의 맹세를 할 땐 이런 일이 있을 거라곤 상상도 못했어요."

"바보 같은 소리 마라, 앤. 배리 부인도 네 잘못이 아니란 걸 알면 생각이 바뀔 게다. 지금 배리 부인은 네가 유치한 장난 같은 걸 쳤다고 생각하는 게지. 오늘 저녁에 네가 직접 가서 자초지종을 설명하는 게 좋겠구나."

"화가 많이 났을 다이애나 어머니를 만날 용기가 안 나요. 아주머니가 대신 가 주시면 좋겠는데. 아주머니가 저보다 훨씬 위엄 있잖아요. 제 말보다 아주머니 이야기를 더 잘 들어 주실 거예요."

앤이 한숨을 쉬었다.

마릴라도 그게 더 현명한 방법일 것 같았다.

"그래, 그러마. 이제 그만 울어라, 앤. 잘 해결될 거야."

그러나 과수원집에 다녀오는 길에, 다 괜찮을 거라던 마릴라의 생각은 바뀌어 있었다. 앤은 현관문 앞까지 뛰어나와 마릴라를 맞았지만, 마릴라의 표정을 보고 슬픔에 젖은 목소리로 말했다.

"아, 아주머니, 아무 소용이 없었던 거군요. 배리 아주머니가 절 용서하지 못하시겠대요?"

"배리 부인도 그렇지! 그렇게 말이 안 통하는 사람은 내 평생 처음이다. 내가 찾아가서 전부 실수였고 네 탓이 아니라고 그렇게 말했는데도 믿지 않더구나. 게다가 내 포도주까지 계속 들먹이지 않겠니. 포도주가 몸에 해로운 게 아니라고 그렇게 얘기를 해도 말이다. 뭐든 큰 컵으로 한 번에 세 잔씩이나 마시는 게 아니라고, 나라면 어린애

가 그렇게 식탐을 부리면 볼기짝이라도 때려서 정신 들
게 만들었을 거라고 분명히 말해 줬다."

마릴라가 톡 쏘듯 내뱉고는, 여전히 마음이 가라앉지
않은 듯 부엌으로 쑥 들어가 버렸다. 현관에는 어쩔 줄 몰
라 하는 어린 영혼만 덩그러니 남았다. 앤은 이내 모자도
쓰지 않고 쌀쌀한 가을 황혼 속으로 걸어갔다. 마음을 단
단히 먹은 듯 쉬지 않고 걸어, 클로버가 시든 들판을 지나
통나무 다리를 건너 서쪽 숲 위에 나지막이 걸린 창백한
달빛을 받으며 가문비나무 숲을 올랐다. 배리 부인은 조
심스러운 노크 소리에 문을 열었고, 문 앞에는 파랗게 질
린 입술에 간절한 눈빛을 한 앤이 서 있었다.

배리 부인의 얼굴이 딱딱하게 굳어졌다. 배리 부인은
선입견이 강하고 싫은 게 분명한 사람이었고, 화가 나면
차갑고 무뚝뚝하게 변해서 좀처럼 화를 풀지 않았다. 배
리 부인은 앤이 악의를 갖고 순전히 고의로 다이애나를
취하게 만들었다고 진심으로 믿었다. 그래서 자신의 어린
딸이 그런 아이와 더 가까이 지내다 물들까 봐 걱정이 이
만저만이 아니었다.

"무슨 일이니?"

배리 부인이 쌀쌀맞게 물었다. 앤은 두 손을 꼭 모아 쥐었다.

　"아, 배리 아주머니, 제발 저를 용서해 주세요. 다이애나를 취하게 하려던 건 아니었어요. 제가 어떻게 그러겠어요? 아주머니가 친절한 분들에게 입양된 고아인데 세상에서 단 하나밖에 없는 마음의 친구를 만났다고 생각해 보세요. 그 애를 일부러 취하게 만드시겠어요? 전 그게 산딸기 주스인 줄 알았어요. 산딸기 주스라고 철썩같이 믿었다고요. 아, 제발 다이애나랑 놀지 말라는 말씀은 더는 하지 말아 주세요. 그렇지 않으면 제 인생은 고통이란 먹구름에 뒤덮이고 말 거예요."

　마음씨 좋은 린드 부인이라면 눈 깜짝할 새에 마음이 누그러졌을 이 연설은 배리 부인을 더 자극할 뿐이었다. 배리 부인은 앤의 과장된 표현과 극적인 몸짓을 의심스럽게 바라보며 아이가 자기를 놀린다고 생각했다. 배리 부인은 인정머리 없이 차갑게 말했다.

　"넌 다이애나에게 어울리는 친구가 아닌 것 같구나. 집에 돌아가거라. 앞으로는 문제 일으키지 말고."

　앤의 입술이 파르르 떨렸다.

"다이애나와 마지막으로 만나서 작별 인사를 하는 것
도 안 되나요?"

앤이 애원했다.

"다이애나는 아버지를 따라 카모디에 갔다."

배리 부인은 안으로 들어가며 문을 닫아 버렸다.

앤은 절망감에 푹 가라앉아 초록 지붕 집으로 돌아왔다.

"제 마지막 희망이 사라졌어요. 제가 가서 배리 아주머
니를 직접 만났는데, 아주머니는 절 굉장히 무례하게 대
하셨어요. 아주머니, 배리 아주머니는 예의를 아는 분이
아닌 것 같아요. 이제 제가 할 수 있는 일은 기도뿐이에
요. 기도를 해도 별 소용은 없을 것 같지만요. 하느님이라
해도 배리 아주머니처럼 고집불통인 사람은 어쩌지 못할
거 같거든요."

"앤, 그런 말을 하면 안 된다."

마릴라는 앤을 꾸짖으며 웃음이 터져 나오려는 것을
겨우 꾹 참았지만 좀처럼 웃음기가 가시지 않아 곤혹스
러웠다. 그러고는 그날 밤 매슈에게 앤이 겪고 있는 시련
에 대해 이야기할 때에야 실컷 웃을 수 있었다.

하지만 잠자리에 들기 전 동쪽 다락방에 슬쩍 들어가

울다 잠든 앤을 들여다보는 마릴라의 얼굴에는 전에 없던 다정함이 묻어났다.

"가여운 것."

마릴라는 눈물로 얼룩진 아이의 얼굴에서 머리카락을 떼어 주며 중얼거렸다. 그러고는 베개 위로 몸을 숙여 발그레한 뺨에 입을 맞추었다.

인생의 새로운 재미

        다음 날 오후, 부엌 창가에서 몸을 숙이고 조각보를 깁던 앤은 우연히 창밖을 내다보다가 다이애나가 알 수 없는 손짓을 하며 '드라이어드 샘' 옆을 내려오는 모습을 보았다. 자리를 박차고 일어나 골짜기를 향해 달음박질치는 앤의 눈에는 희망과 놀라움이 고스란히 담겨 있었다. 그러나 풀이 죽은 다이애나의 얼굴을 보자 희망은 사라져 버렸다.

앤이 목멘 소리로 말했다.

"어머니가 아직 화가 풀리지 않으셨구나?"

다이애나가 슬픈 얼굴로 고개를 끄덕였다.

"응. 그리고 앤, 너랑 다시는 놀지 말래. 네 잘못이 아니라고 울며불며 말했지만 아무 소용이 없었어. 여기 온 것도 너한테 마지막 인사를 할 시간은 달라고 사정사정해서 겨우 허락을 받은 거야. 딱 10분만 주겠다고 하셨고, 지금 시간을 재고 계셔."

"10분이면 영원한 작별 인사를 하기에는 너무 짧아. 아, 다이애나, 더 좋은 친구가 생겨서 너와 함께하게 되더라도 네 어린 날의 친구인 나를 잊지 않겠다고 진심을 다해 약속해 줄래?"

앤이 울먹였다. 다이애나도 흐느껴 울었다.

"꼭 그렇게 할게. 그리고 마음의 친구는 이제 사귀지 않을 거야. 사귀고 싶지 않아. 너만큼 사랑하는 친구는 만날 수 없을 거야."

"아, 다이애나. 너 나를 사랑하니?"

앤이 두 손을 모아 잡으며 소리쳤다.

"그럼, 당연히 사랑하지. 몰랐단 말이야?"

앤이 길게 숨을 골랐다.

"몰랐어. 좋아한다고는 물론 생각했지만 나를 사랑할

줄은 꿈에도 몰랐어. 어머, 다이애나, 누군가가 나를 사랑할 거란 생각은 한 번도 안 해봤어. 내 기억 속엔 누가 나를 사랑한 적이 없었거든. 아, 정말 멋져! 이건 네가 없는 캄캄한 길을 영원히 비춰 줄 한 줄기 빛이야, 다이애나. 아, 한 번 더 말해 줄래?"

"나는 너를 진심으로 사랑해, 앤. 앞으로도 항상 그럴 거고, 그건 믿어도 돼."

다이애나가 마음을 다해 말했다.

앤이 엄숙하게 손을 내밀었다.

"나도 그대를 영원히 사랑하겠소, 다이애나. 이 시간 뒤로 그대와의 추억은 우리가 마지막으로 함께 읽은 책처럼 나의 외로운 인생에 별처럼 빛날 것이오. 다이애나, 내가 영원토록 소중히 간직할 수 있도록 이별에 앞서 그대의 칠흑 같은 긴 머리카락 몇 올을 주시겠소?"

감정을 자극하는 앤의 말투에 다이애나는 다시금 눈물을 흘렸다. 그러다가 눈물을 훔치면서 현실로 돌아와 물었다.

"뭐 자를 만한 거 있니?"

"응. 마침 앞치마 주머니에 조각보를 만들 때 쓰던 가위가 있어."

앤은 엄숙한 자세로 곱슬곱슬한 다이애나의 머리칼을
조금 잘랐다.

"잘 지내시오, 내 사랑하는 친구여. 이후로 우리는 곁에
있으면서도 낯선 이처럼 살아야 하오. 그러나 나의 마음
은 영원히 변치 않을 것이오."

앤은 그 자리에 서서 멀어지는 다이애나를 지켜보며
다이애나가 뒤를 돌아볼 때마다 손을 흔들었다. 그러고는
집으로 돌아왔다. 이 낭만적인 이별은 한동안 적잖이 위
안이 되었다.

앤이 마릴라에게 전했다.

"다 끝났어요. 전 다른 친구는 절대 사귀지 않을 거예
요. 전 지금 어느 때보다 더 비참해요. 여긴 케이티 모리
스도, 비올레타도 없으니까요. 그 애들이 있다 해도 예전
같진 않아요. 진짜 친구를 사귀고 나니 왠지 상상 속의 친
구들에겐 만족이 안 되나 봐요. 다이애나와 전 샘 옆에서
정말 감동적인 작별을 나눴어요. 저에겐 영원히 경건한
기억으로 남을 거예요. 제 생각에 가장 슬프고 애처로운
표현들을 고르고 골라 다이애나를 '그대'라고 불렀어요.

'그대'라고 하면 '너'라고 하는 것보다 훨씬 더 낭만적으로 들리는 것 같아요. 다이애나가 제게 머리카락을 조금 잘라서 줬는데, 전 그걸 작은 주머니에 꿰매어 넣고 평생 목에 걸고 다닐 거예요. 머리카락은 저와 함께 묻어 주세요. 전 그렇게 오래 못 살 거 같거든요. 제가 싸늘하게 죽어서 누워 있는 걸 보시면 어쩌면 배리 아주머니도 후회하시고 다이애나를 제 장례식에 보내 주실지도 몰라요."

"그렇게 재잘대는 걸 보니 슬퍼서 죽을 걱정은 없겠구나, 앤."

마릴라가 야박하게 말했다.

다음 월요일, 앤은 책이 든 바구니를 한 팔에 끼고 입술을 일자로 다문 얼굴로 방에서 내려와 마릴라를 놀라게 했다.

앤은 망설임 없이 딱 잘라 말했다.

"다시 학교에 가겠어요. 친구와 그렇게 가혹하게 갈라지고 나니, 이제 제 인생에 남은 건 그것밖에 없어요. 학교에 가면 다이애나도 볼 수 있고 지난날도 혼자 생각할 수 있잖아요."

마릴라는 상황이 이렇게 전개되어 기뻤지만 기쁜 마음

을 감추며 말했다.

"수업 내용이나 셈을 생각하는 게 더 나을 게다. 다시 학교에 가면 석판으로 남의 머리를 때리거나 딴짓하다 혼났단 소리는 더 듣지 않게 해 다오. 얌전히 행동하고 선생님 말씀 잘 듣고."

"모범생이 되도록 노력할게요. 별로 재미는 없을 거 같지만요. 필립스 선생님이 미디 앤드루스는 모범생이라고 하셨는데, 그 애는 생기나 상상력 같은 게 하나도 없거든요. 그냥 멍하고 굼떠 보이는 데다 뭘 즐겁게 하는 걸 못 봤어요. 하지만 저도 기분이 우울해서 지금은 그렇게 될 거 같아요. 길을 빙 둘러 가야겠어요. '자작나무 길'을 혼자 걷는 건 견디기 힘들 거예요. 그 길을 혼자 걸으면 마음이 아파서 펑펑 울고 말 거예요."

앤이 시무룩하게 대답했다.

앤이 학교로 돌아오자, 친구들은 두 팔 벌려 반갑게 맞았다. 아이들은 놀 때는 앤의 상상력을, 노래할 때는 앤의 목소리를, 점심시간에 큰 소리로 책을 읽을 때는 앤의 연극적인 재능을 많이 그리워했다.

루비 길리스는 성서 낭독 시간에 앤에게 파란 자두 세

개를 몰래 건넸고, 엘라 메이 맥퍼슨은 꽃 장식 카탈로그 표지에서 오린 커다란 노란 팬지 사진을 주었다. 에이번리 학교에서 책상을 꾸미는 용도로 인기가 많은 것이었다. 소피아 슬론은 앞치마 가장자리 장식에 꼭 맞는, 새롭고 우아한 레이스 문양을 뜨개질하는 법을 가르쳐 주겠다고 나섰다. 케이티 볼터는 석판용 물통으로 쓸 수 있는 향수병을 주었고, 줄리아 벨은 가장자리가 물결 모양인 연분홍색 종이에 시를 정성 들여 적어 주었다.

앤에게

황혼의 커튼이 내리고
별 하나 그 위에 걸릴 때
기억하라, 너에게는 친구가 있음을
비록 먼 길을 방랑하고 있을지라도

"인정받는 건 정말 기분 좋은 일이에요"
그날 밤 앤은 마릴라에게 기쁨에 들떠 탄성을 질렀다. 앤을 '인정'한 사람은 여학생들만이 아니었다. 필립스 선생님의 지시대로 모범생 미니 앤드루스 옆자리에 앉게 된 앤이 점심시간이 끝난 뒤 자리로 돌아가자, 책상 위에 크고 먹음직스러운 '스트로베리종 사과'가 있었다. 앤이 사과를 집어 한 입 베어 먹으려던 찰나, 에이번리에서 그런 종의 사과가 열리는 곳은 '반짝이는 호수' 맞은편에 있는 블라이드 씨네 오래된 과수원뿐이란 생각이 떠올랐다. 앤은 뜨겁게 달아오른 석탄 조각이라도 만진 듯 사과를 떨어뜨리더니 손수건을 꺼내 보란 듯이 손가락을 닦았다. 사과는 다음 날 아침까지도 앤의 책상 위에 그대로 있다가, 학교를 청소하고 불 지피는 일을 하는 어린 티머시 앤드루스가 부수입으로 챙겨 갔다.

찰리 슬론은 점심시간이 지난 뒤 빨갛고 노란 줄무늬 종이로 화려하게 장식한 석필을 주었다. 보통 연필은 1센트였지만 그 석필은 2센트였다. 앤은 그 석필을 사과보다는 고맙게 받아들였다. 앤이 선물을 정중히 반기며 미소로 화답하자, 앤에게 푹 빠져 있던 소년은 순식간에 천상의 기쁨을 맛보았고, 그 때문에 받아쓰기에서 연거푸 실수를 하는 바람에 필립스 선생님으로부터 방과 후에 남아 다시 쓰라는 벌을 받았다.

카이사르의 행렬은 브루투스의 일격에 스러졌으나
로마 최고의 아들은 더더욱 로마를 기억되게 하리니*

그러나 위의 시처럼, 거티 파이 옆에 앉아 아무런 인사나 환영의 말도 건네지 않는 다이애나의 빈자리가 더욱 크게 다가와서 앤은 이런 작은 환희들이 쓰라리게 느껴졌다.

"다이애나도 한 번은 저를 보며 웃었을지 몰라요."

그날 밤 앤은 마릴라에게 애처롭게 말했다. 그러나 다음 날 아침 꼬깃꼬깃 꼼꼼하게도 접힌 쪽지와 작은 꾸러미가 앤 앞으로 전달되었다. 앞에 '앤에게'라고 적혀 있었다.

앤에게

엄마가 학교에서도 너랑 놀거나 말하지 말래. 내 뜻이 아니니까 날 원망하지는 말아 줘. 난 너를 변함없이 사랑해. 네게 내 비밀 얘기들을 모두 털어놓을 수 있으면 좋겠어. 그리고 거티 파이는 정말 마음에 들지 않아. 널 주려

---

* 바이런(영국 시인)의 시 〈차일드 해럴드의 순례〉 중에서

고 얇은 빨간 종이로 책갈피를 만들었어. 지금 엄청나게 유행인데, 학교에서 이걸 만들 줄 아는 여자애는 세 명밖에 없어. 이걸 볼 때마다 나를 기억해 줘.

너의 진정한 친구
다이애나 배리

앤은 쪽지를 읽고 책갈피에 입을 맞춘 뒤에 재빨리 답장을 써서 맞은편에 앉은 다이애나에게 전달했다.

나의 사랑하는 다이애나에게

당연히 난 널 원망하지 않아. 어머니 말씀을 잘 들어야 하잖아. 그래도 우리의 영혼은 함께할 수 있으니까. 네가 준 소중한 선물은 영원히 간직할게. 미니 앤드루스는 상상력은 없지만 아주 좋은 애야. 하지만 난 다이애나와 '마음의 친구'였기 때문에 미니의 '마음의 친구'가 되진 않을 거야. 맞춤법이 틀렸더라도 이해해 줘. 아직 내가 맞춤법에 서투르잖아. 그래도 많이 좋아졌어.

죽음이 우리를 갈라놓을 때까지 너의 친구

앤 또는 코딜리어 셜리

추신 : 오늘 밤 네 편지를 베개 밑에 넣고 잘 거야.

A. 또는 C. S.

마릴라는 앤이 다시 학교에 나가면 또 문제를 일으킬
거라고 비관적으로 생각했는데, 아무 일도 일어나지 않았
다. 아마도 미니 앤드루스에게서 '모범생의 기운' 같은 게
앤에게 옮아간 모양이었다. 적어도 그 뒤로 필립스 선생
님과는 아주 잘 지냈다. 앤은 열성을 다해 공부에 매진했
고, 어떤 과목에서도 길버트 블라이드에게 지지 않겠다고
결심했다. 둘 사이의 경쟁은 누가 봐도 알 수 있는 정도였
다. 길버트 쪽에서는 전적으로 선의의 경쟁이었지만, 앤
도 그렇다고 하기에는 다분히 염려스러운 측면이 있었다.
앤은 아직도 고집스럽게 억울한 마음을 부여잡고 있었다.
앤은 증오도 사랑만큼 격렬했다.

앤은 길버트를 경쟁 상대로 인정하려 들지 않았다. 자신
이 끈덕지게 무시해 온 길버트의 존재를 인정하는 꼴이 되

기 때문이었다. 그러나 두 사람은 경쟁했고, 엎치락뒤치락하며 1등 자리를 다투었다. 받아쓰기 수업에서 길버트가 한 번 1등을 하면, 다음번에는 앤이 길게 땋은 빨강 머리를 휘날리며 길버트를 꺾었다. 길버트가 수학 문제를 모두 맞혀 칠판에 이름을 올리면, 다음 날에는 밤새 소수와 씨름을 한 앤의 이름이 쓰였다. 둘이 동점을 받아 이름이 나란히 적히는 끔찍한 날도 있었다. 그건 '주목'에 적히는 것만큼이나 싫었기 때문에 앤은 굴욕감을 숨기지 않았지만, 길버트는 흐뭇한 표정이 역력했다. 매달 말에 필기시험을 볼 때면 숨 막히는 긴장감이 감돌았다. 첫 달은 길버트가 3점 앞섰다. 그다음 달에는 앤이 5점 차로 이겼다. 그러나 전교생이 보는 앞에서 길버트가 진심으로 축하해 주는 바람에 앤의 승리감은 엉망이 되어 버렸다. 길버트가 패배를 쓰라리게 받아들였다면 앤의 승리는 훨씬 더 달콤했을 텐데.

필립스 선생님은 그다지 좋은 교사가 아니었지만, 앤같이 배움의 열의가 넘치는 학생이라면 선생님이 누구든 실력이 좋아질 수밖에 없었다. 학기 말이 되었을 즈음 앤과 길버트는 나란히 5학년 과정으로 진급하여 라틴어, 기하학, 프랑스어, 대수학 같은 기초 과목을 배우게 되었다. 기하학에서 고전을 면치 못하던 앤이 마릴라에게 하소연했다.

"기하학은 정말 끔찍해요, 아주머니. 도무지 이해가 안 되고 앞으로도 잘할 수 있을지 모르겠어요. 상상의 여지라곤 조금도 없다니까요. 필립스 선생님이 저같이 못 따라오는 아이는 처음 봤대요. 하지만 길…… 그러니까 다른 아이들은 정말 잘하거든요. 너무 속상해요, 아주머니. 다이애나도 저보다는 잘해요. 하지만 다이애나보다 못하는 건 상관없어요. 비록 지금은 서로 모르는 사이처럼 지내긴 해도, 다이애나는 제게 여전히 사그라지지 않는 사랑이니까요. 가끔 다이애나를 생각하면 아주 슬퍼져요. 하지만 아주머니, 너무 오래 슬픔에 빠져 있기엔 세상이 참 흥미롭지 않나요?"

앤이 생명을 구하다

큰 사건에는 언제나 작은 여파들이 뒤따른다. 캐나다 총리가 프린스에드워드 섬을 정치 순방 일정에 넣는 결정은 초록 지붕 집에 사는 어린 앤의 운명과는 아무 상관이 없어 보였다. 하지만 상관이 있었다.

1월 어느 날, 총리가 자신의 충실한 지지자들과, 지지자는 아니어도 주지사를 보러 올 사람들에게 연설을 하려고 샬럿타운에서 대규모 대중 집회를 열었다. 에이번리 사람들은 대부분 정치적으로 총리 편이어서, 집회가 열리는 밤에 거의 모든 남자들과 꽤 많은 여자들이 40킬로

미터나 떨어진 샬럿타운으로 갔다. 린드 부인도 그중 하나였다. 린드 부인은 정치에 무척 관심이 많았고, 정치적으로는 총리의 반대편이었지만 자신이 빠진 정치 모임은 있을 수 없다고 생각했다. 그래서 말을 돌봐 줄 남편 토머스를 대동하고 마릴라 커스버트와 함께 길을 나섰다. 마릴라도 내심 정치에 관심이 있었고, 이번이 현직 총리를 볼 처음이자 마지막 기회일지 모른다는 생각에 다음 날까지 집은 앤과 매슈에게 맡기고 길을 나섰다.

마릴라와 린드 부인이 대규모 정치 집회에서 즐거운 시간을 보내는 동안, 앤과 매슈도 초록 지붕 집 부엌에서 유쾌한 한때를 보내고 있었다. 구식 워털루 난로에서 밝은 불이 타올랐고, 파르라니 하얀 서리 결정들이 창에서 반짝거렸다. 매슈는 소파에 앉아 《농민의 지지자》라는 잡지를 펼쳐 놓고 꾸벅꾸벅 졸았고, 앤은 마음을 단단히 먹고 식탁에 앉아 공부를 하는 듯했지만 자꾸만 시계 선반 위를 힐끔거렸다. 거기에는 그날 제인 앤드루스가 새로 빌려준 책이 놓여 있었다. 제인이 책을 읽는 동안 몇 번이나 손에 땀을 쥐었는지 모르며 멋진 말들도 많이 나온다고 장담한 터라 앤은 얼른 책을 집어 들고 싶어 손가락이 근질거렸다. 하지만 그건 곧 다음 날 길버트 블라이드의 승리를 의미했다. 앤은 시계 선반을 등지고 앉아 책이 그 자리에 없다고 상상하려고 애썼다.

"아저씨도 학교 다닐 때 기하학을 배우셨어요?"

"글쎄다. 아니, 배우지 않았어."

매슈가 깜짝 놀라 선잠에서 깨며 대답했다. 앤이 한숨을 쉬었다.

"배우셨으면 좋았을 텐데. 그럼 제 마음을 이해하셨을 텐데. 배우지 않으셨다면 공감 못하실 거예요. 기하학 때문에 제 인생은 먹구름으로 뒤덮였어요. 전 기하학을 정말 못해요, 아저씨."

매슈가 앤을 달랬다.

"글쎄다. 난 모르겠구나. 난 네가 어떤 일이든 잘한다고 믿는다. 지난 주에 카모디의 블레어네 가게에 갔을 때 필립스 선생님이 그러더구나. 넌 학교에서 가장 똑똑한 학생이고 급속도로 성장하고 있다고 말이야. '급속도로 성장하고 있다'고 선생님이 그렇게 말씀하셨단다. 테디 필립스 선생님이 별로라는 사람들도 있고 교사로서 자질이 부족하다는 말도 있더라만, 난 괜찮아 보이더구나."

매슈는 앤을 칭찬하는 사람이면 누구든 '괜찮은' 사람으로 보았을 것이다. 하지만 앤은 투덜거렸다.

"선생님이 기호만 바꿔 쓰지 않아도 더 잘할 수 있어요. 제가 명제를 외워도 선생님이 칠판에 책이랑은 다른 기호를 쓰시니까 외운 걸 몽땅 헷갈리거든요. 아무리 선생님이라도 그렇게 마음대로 하면 안 되는 거 아니에요? 요즘은 농업을 배우는데, 덕분에 길이 왜 빨간색인지 이제 알게 됐어요. 참 다행이에요. 마릴라 아주머니랑 린드 아주머니는 즐거운 시간을 보내고 계실까요? 린드 아주머니는 상황이 오타와처럼 굴러가면 캐나다가 엉망이 될 거라고, 유권자들이 경각심을 가져야 한다고 하세요. 여자들에게도 투표권이 생기면 세상이 더 좋아질 거라면서요. 아저씨는 어디에 투표하실 거예요?"

"보수당이지."

매슈가 곧바로 대답했다. 보수당에 투표하는 것은 매슈에게 종교와도 같은 문제였다.

앤이 단호히 말했다.

"그럼 저도 아저씨를 따라 보수당 할래요. 정말 다행이에요. 길…… 아니 학교 남자애들 몇 명은 자유당 편이거든요. 필립스 선생님도 자유당일 거 같아요. 프리시 앤드루스의 아버지가 자유당이거든요. 루비 길리스가 그러는데, 남자가 구혼할 때 종교는 여자의 엄마 쪽을 따르고 정치는 여자의 아빠 쪽을 따라야 한대요. 정말이에요, 아저씨?"

"글쎄다. 난 잘 모르겠다."

"아저씨도 구혼하신 적이 있으세요?"

"글쎄다. 아니, 그런 적이 있었는지 어땠는지 모르겠구나."

매슈는 평생 그런 일은 생각해 본 적도 없었다.

앤은 두 손으로 턱을 괴고 곰곰이 생각했다.

"아주 재밌을 거 같지 않아요, 아저씨? 루비 길리스는 어른이 되면 남자친구를 여럿 두고 마음대로 조종해서 전부 자기한테 푹 빠지게 만들 거예요. 그렇지만 전 그건 너무 극단적인 것 같아요. 전 마음이 바른 사람 한 명이면 돼요. 루비 길리스는 언니들이 많아서 그런 문제들에 대해 훤히 알아요. 린드 아주머니도 길리스 씨 댁 딸들은 남자들이 서로 데려가려고 했대요. 필립스 선생님은 거의 매일 저녁 프리시 앤드루스를 만나러 가세요. 선생님은 프리시가 공부하는 걸 도와주러 가는 거라고 하시지만,

미랜더 슬론도 퀸스를 준비하고 있는걸요. 게다가 미랜더 슬론은 프리시보다 머리가 나빠서 도움이 훨씬 더 많이 필요할 텐데, 선생님은 미랜더에게는 한 번도 가질 않으세 요. 세상엔 이해가 잘되지 않는 일들이 참 많아요, 아저씨."

"글쎄다. 나도 전부 이해한다고는 할 수 없단다."

매슈도 그 말에 동의했다.

"아무튼 저는 공부를 마저 끝내야 해요. 공부를 다할 때 까지는 제인이 새로 빌려준 책을 보지 않을 거예요. 하지 만 정말 유혹을 뿌리치기가 힘들어요, 아저씨. 이렇게 등 을 돌리고 앉았는데도 저기 책이 있다는 게 생생하게 보 여요. 제인은 저 책을 읽고 엄청 울었대요. 전 눈물이 나 는 책이 좋아요. 저 책을 잼이 든 거실 벽장에 넣고 열쇠 로 잠가야겠어요. 열쇠는 아저씨를 드릴게요. 아저씨, 절 대로 제게 열쇠를 주지 마세요. 제가 공부를 다할 때까지 요. 무릎 꿇고 사정해도 절대 주면 안 돼요. 그냥 유혹을 이겨내는 게 그럴듯하고 좋지만 열쇠가 없어야 유혹을 이기기가 훨씬 쉽잖아요. 지하실에 내려가서 러셋 사과[*]

---

[*] 영국 및 북미 등지에서 많이 재배하는 사과 품종의 하나

를 좀 가져올까요, 아저씨? 드실래요?"

"글쎄다. 잘 모르겠지만 먹어 보자꾸나."

매슈는 러셋 사과를 먹지 않지만 앤이 좋아한다는 것을 알았다.

앤이 한 접시 가득 사과를 담아 기분 좋게 지하실에서 올라오는데, 밖에서 얼어붙은 판자 위를 뛰어오는 발소리가 들렸다. 다음 순간 부엌문이 홱 열리면서 머리에 숄만 대충 두른 다이애나가 하얗게 질린 얼굴로 뛰어들어왔다. 앤은 깜짝 놀라 손에 들고 있던 촛불과 쟁반을 떨어뜨렸고, 쟁반과 초와 사과는 사다리 밑으로 요란하게 굴러떨어졌다. 다음 날 마릴라가 지하실 바닥의 끈적하게 녹아내린 기름 속에 박혀 있는 쟁반과 초와 사과를 찾아냈고, 그것들을 주워 담으며 집에 불이 나지 않은 게 다행이라고 안도의 한숨을 내쉬었다.

앤이 소리쳤다.

"무슨 일이야, 다이애나? 어머니가 드디어 마음을 푸신 거야?"

"아, 앤, 미니 메이가 많이 아파. 후두염이래. 메리 조가 그랬어. 엄마랑 아빠는 샬럿타운에 가서 의사를 부르러

갈 사람이 없어. 미니 메이는 너무 아파 보이는데 메리 조는 아무것도 할 줄 모른데. 아, 앤, 나 너무 무서워!"

다이애나가 벌벌 떨며 애원했다.

매슈는 아무 말 없이 모자와 외투를 챙겨 들고 다이애나를 지나쳐 어두운 뜰로 나갔다.

"매슈 아저씨는 마차를 타고 카모디에 의사를 부르러 가신 거야. 말씀 안 하셔도 난 알아. 매슈 아저씨와 난 마음이 잘 통해서 아저씨가 아무 말씀 안 하셔도 아저씨의 생각을 알 수 있어."

앤이 모자와 재킷을 허겁지겁 걸치며 말했다.

"카모디에 가도 의사는 없을 거야. 블레어 선생님도 샬럿타운에 가셨고, 아마 스펜서 선생님도 가셨을 거야. 메리 조는 후두염에 걸린 사람은 본 적도 없대고, 린드 아주머니도 안 계셔. 아, 앤!"

다이애나가 흐느꼈다.

"울지 마, 다이애나. 후두염이라면 내가 잘 알아. 해먼드 아주머니네에 세쌍둥이가 있었다고 말했지? 세쌍둥이를 돌보다 보면 이런 일 저런 일 다 겪게 되어 있어. 그 애들도 돌아가면서 후두염을 앓았거든. 너희 집엔 없을지

모르니까 토근[*]즙을 가져올게. 기다려. 자, 이제 가자."

앤은 씩씩하게 말하며 다이애나를 달랬다.

두 아이는 손을 맞잡고 서둘러 집을 나와 '연인의 오솔길'을 지나 얼어붙은 들판을 가로질렀다. 숲속 지름길은 눈이 너무 많이 쌓여 갈 수가 없었다. 앤은 진심으로 미니 메이가 걱정되면서도 이 낭만적인 상황을 마음에 담았다. 그리고 다시 한번 마음의 친구와 이 낭만을 함께 나눌 수

* 땀을 내고 가래를 없애는 약효를 가진 식물

있어서 기뻤다.

서리가 내린 맑고 추운 밤이었다. 눈 쌓인 비탈만이 온통 새까만 어둠 속에서 하얀 은빛이었고, 고요한 들판 위에서 커다란 별들이 반짝였다. 나뭇가지에 눈가루가 흩뿌려진 뾰족뾰족한 전나무들이 검은 그림자처럼 곳곳에 솟아 있었고, 바람은 획획 휘파람을 불며 전나무 사이를 스쳐 지나갔다. 이 모든 신비롭고 아름다운 공간을 오랫동안 떨어져 지낸 마음의 친구와 함께 걷는다는 사실이 앤은 참으로 기뻤다.

세 살배기 미니 메이는 정말 많이 아팠다. 열에 들떠 잠들지 못하고 부엌 소파에 누워 있었는데, 그르렁거리는 숨소리가 온 집 안에 울렸다. 크리크 출신의 통통하고 얼굴이 넓적한 프랑스 소녀 메리 조는 배리 부인이 집을 비운 동안 아이들을 돌보기로 했지만, 너무 당황해서 뭘 어떻게 해야 할지 아무런 생각도 못 하고 있었다.

앤은 신속하고 능숙하게 일을 시작했다.

"미니 메이는 후두염이 맞아. 지금 상태가 꽤 안 좋지만 난 더 나쁜 경우도 봤어. 우선 더운 물이 많이 필요해. 이런, 다이애나, 주전자에 물이 한 컵 정도밖에 없어! 자, 내

가 물을 가득 채웠으니까, 메리 조, 난로에 장작 좀 넣어
줘요. 기분 나쁘게 하고 싶진 않지만, 조금만 생각했어도
이런 일은 미리 할 수 있었을 텐데. 이제 미니 메이의 옷
을 벗기고 침대에 눕힐 거니까, 다이애나, 넌 부드러운 천
을 찾아 봐. 난 일단 미니 메이한테 토근즙을 먹일게."

미니 메이는 토근즙을 순순히 먹으려고 하지 않았지만
세쌍둥이를 돌본 앤에게 그쯤은 아무것도 아니었다. 불안
한 긴 밤을 보내며 앤은 몇 번이고 아이에게 약을 떠먹였
고, 앤과 다이애나는 힘들어 하는 미니 메이 곁을 참을성
있게 지키며 아이를 돌봤다. 메리 조도 자신이 할 수 있
는 일은 다하고 싶어서, 계속해서 난로에 불을 지피면서
후두염에 걸린 아이들이 입원한 병원에서 쓰는 것보다도
훨씬 더 많은 양의 물을 데웠다.

매슈가 의사와 함께 온 시각은 새벽 3시였다. 스펜서베
일까지 가서야 의사 한 명을 간신히 찾았던 것이다. 그러
나 위급한 상황은 지나간 뒤였다. 미니 메이는 상태가 훨
씬 좋아져서 곤히 잠들어 있었다. 앤이 의사에게 설명했다.

"너무 절망적이어서 포기할 뻔했어요. 상태가 점점 나
빠지더니 해먼드 아주머니네 막내 쌍둥이보다 더 심해졌

거든요. 숨이 막혀 죽는 게 아닌가 하는 생각까지 들었어요. 저 병의 토근즙을 한 방울도 남기지 않고 다 먹였어요. 다이애나나 메리 조를 더 걱정시키고 싶지 않아서 말하진 않았지만, 마지막 한 입을 먹이면서 제 마음을 달래느라 혼자 생각했어요. '이게 마지막 남은 희망인데 아무런 소용이 없을까 봐 두려워'라고요. 그런데 3분쯤 지나니까 미니 메이가 기침을 하면서 가래를 뱉어 내더니 좋아졌어요. 얼마나 안심이 됐는지 선생님은 이해하실 거예요. 그때 심정은 말로 다 표현을 못하겠어요. 말로는 표현이 안 되는 것들도 있잖아요."

"그래, 나도 알지."

의사가 고개를 끄덕였다. 의사는 말로 표현이 안 되는 무언가가 있는 것처럼 앤을 쳐다봤다. 하지만 나중에 배리 부부에게 그것을 말로 표현했다.

"커스버트 씨 댁에 있는 빨강 머리 여자아이가 굉장히 영리하더군요. 정말이지 그 애가 아이의 생명을 구했어요. 내가 도착했을 때는 이미 너무 늦을 뻔했거든요. 나이답지 않게 놀랄 만큼 침착하고 재주 있는 아이예요. 아이가 내게 상황을 설명해 주는데, 그런 눈빛은 지금까지 어디서도 본 적이 없다니까요."

앤은 하얗게 서리가 내린 아름다운 겨울 아침에 집으로 돌아왔다. 잠을 못 자 눈꺼풀이 무거웠지만, 멀리 뻗은 하얀 들판을 지나고 동화처럼 반짝반짝 빛나는 단풍나무 터널을 따라 '연인의 오솔길'을 걸으면서 피곤함도 잊은 채 매슈에게 재잘거렸다.

"아, 매슈 아저씨, 정말 근사한 아침이죠? 마치 하느님이 상상한 모습 그대로 세상을 만들어 놓은 거 같지 않으세요? 하느님이 혼자 즐기려고 말이에요. 저 나무들은 꼭 제가 불어서 날려 보낼 수 있을 것 같아요. 후! 하얀 서리가 있는 세상에 살아서 정말 기뻐요. 해먼드 아주머니가 세쌍둥이나 낳은 건 결국 참 잘된 일이었어요. 그 쌍둥이들이 아니었으면 저도 미니 메이를 어떻게 해야 할지 몰랐을 거예요. 해먼드 아주머니가 세쌍둥이를 낳으셨다고 투덜거렸던 게 너무 죄송해요. 그런데 아, 아저씨, 너무 졸려요. 오늘은 학교에 못 가겠어요. 눈이 막 감기는 걸 이제야 알았으니 저도 참 둔하죠. 그래도 집에 있긴 싫어요. 그럼 길…… 다른 아이가 반에서 1등을 차지할 테고, 그걸 따라잡긴 정말 힘들거든요. 물론 힘들면 힘들수록

119

따라잡았을 때 만족감도 그만큼 크지만요. 그렇죠?"

"글쎄다. 난 네가 잘해낼 거라고 믿는다. 얼른 침대에 가서 푹 자렴. 집안일은 내가 하마."

매슈가 앤의 작고 하얀 얼굴과 눈 밑에 검게 내려온 그림자를 보며 말했다.

앤은 매슈의 말대로 침대로 가서 오래도록 깊이 잠들었다. 눈을 떴을 때는 하얀 눈 위에 장밋빛이 물드는 오후였다. 앤이 부엌에 내려가자, 그사이에 집에 돌아온 마릴라가 뜨개질을 하며 앉아 있었다.

마릴라를 보자마자 앤이 외쳤다.

"총리는 보셨어요? 어떻게 생겼어요, 아주머니?"

"글쎄. 얼굴만 봐서는 총리처럼 보이지 않더구나. 어떻게 코가 그렇게 생겼는지! 하지만 연설은 잘하더구나. 내가 보수당인 게 자랑스러웠어. 물론 린드 부인은 자유당 쪽이라 총리한테는 도움 될 게 없었지. 네 점심은 오븐 안에 있으니, 앤, 벽장에서 파란 자두잼을 가져다가 같이 먹든지 하려무나. 배도 고프겠구나. 오라버니에게서 지난밤 이야기는 들었다. 네가 방법을 알고 있어서 운이 좋았어. 나라도 어찌해야 할지 몰랐을 거야. 나도 후두염 환자

는 본 적이 없거든. 자, 점심을 다 먹기 전에는 아무 말도
마라. 얼굴을 보아하니 하고 싶은 말이 산더미인 모양인
데, 조금만 참아라.”

마릴라는 앤에게 해 줄 이야기가 있었지만 나중으로
미루었다. 지금 말했다가는 너무 흥분해서 배고픔이나 점
심 같은 중요한 문제를 싹 잊어버릴 게 뻔했기 때문이었
다. 앤이 파란 자두잼을 비우고 나서야 마릴라가 입을 열
었다.

“아까 오후에 배리 부인이 다녀갔단다. 너를 만나고 싶
어 했는데 네가 자고 있어서 안 깨웠단다. 네가 미니 메이
의 생명을 구했다면서, 포도주 사건 때 네게 그런 식으로
행동해서 몹시 미안하다고 하더구나. 이제는 네가 일부
러 다이애나를 취하게 만든 게 아니라는 걸 잘 안다고, 자
기를 용서하고 다이애나와 다시 좋은 친구로 지내달라고
했단다. 가고 싶거든 오늘 저녁에 다녀오너라. 다이애나
는 어젯밤 감기에 심하게 걸려서 밖에 나오질 못한다는
구나. 저런, 앤 셜리, 그렇게 흥분하지 말고.”

마릴라는 주의를 주지 않을 수가 없었다. 앤이 행복에
겨워 하늘로 날아오를 듯한 표정과 몸짓으로 자리에서

벌떡 일어났기 때문이다. 얼굴이 마치 불꽃처럼 환하게
빛났다.

"아아, 마릴라 아주머니, 지금 가도 돼요? 설거지는 나
중에 할게요. 다녀와서 할게요. 이렇게 가슴 벅찬 순간에
설거지처럼 낭만적이지 않은 일은 못하겠어요."

"아무렴, 되고말고. 어서 가거라. 앤 셜리, 제정신이냐?
당장 와서 뭐라도 걸치고 가야지. 바람을 붙들고 얘기하
는 게 낫지. 모자도 쓰지 않고 외투도 없이 갔네. 머리카
락 휘날리며 과수원을 쏜살같이 빠져나가는 것 좀 봐. 감
기라도 호되게 걸리지 않으면 다행이지."

앤은 눈 덮인 들판을 지나 자줏빛 겨울 노을을 맞으며
발걸음도 가볍게 집으로 돌아왔다. 하얗게 눈 내린 대지
와 어두운 가문비나무 협곡 너머 저녁 하늘은 은은한 금
빛과 영묘한 장밋빛으로 물들었고, 저 멀리 남서쪽 하늘
에는 샛별이 진주처럼 반짝이며 아른거렸다. 눈 덮인 언
덕에서 썰매 방울이 딸랑거리는 소리가 마치 요정의 종
소리처럼 차가운 대기를 뚫고 날아왔다. 하지만 그런 소
리들도 앤의 마음과 입술에서 흘러나오는 노랫소리만큼
달콤하지는 못했다.

"아주머니, 지금 아주머니 앞에 서 있는 저는 정말 완벽하게 행복한 사람이에요. 네, 머리가 빨간색이어도요. 지금만큼은 빨강 머리도 상관없어요. 배리 아주머니가 제게 입을 맞추고 울면서 너무 미안하다고 하셨어요. 제게 어떻게 은혜를 갚아야 할지 모르겠다고요. 전 당황해서 어찌할 바를 몰랐지만, 최대한 예의 바르게 대답했어요. 아주머니. 배리 아주머니를 원망하지 않는다고요. 제가 일부러 다이애나를 취하게 만든 게 아니라는 걸 마지막으로 한 번 더 확실히 말씀드렸어요. 그리고 이제 과거는 망각의 장막으로 덮어 두겠다고 말씀드렸어요. 저 품위 있게 말 잘했죠, 아주머니? 제가 원수를 은혜로 갚아 배리 아주머니를 부끄럽게 만든 기분이었어요. 그리고 다이애나랑 즐거운 오후를 보냈어요. 다이애나가 카모디의 숙모에게 배운 덩굴무늬 뜨개질법을 보여 줬어요. 이 뜨개질법을 아는 사람은 에이번리에서 우리 둘뿐이래요. 우린 이걸 아무에게도 알려 주지 않기로 엄숙히 약속했어요. 다이애나는 장미 화관 그림에 시도 한 구절 적힌 예쁜 카드도 주었어요.

내가 당신을 사랑하듯 당신이 날 사랑한다면
죽음이 아니고는 우리를 갈라놓지 못하리라

이 말은 사실이에요, 아주머니. 우린 학교에서도 다시 옆자리에 앉게 해 달라고 필립스 선생님께 부탁할 거예요. 거티 파이는 미니 앤드루스랑 앉으면 되니까요. 우린 우아하게 차도 마셨어요. 배리 아주머니가 제일 좋은 찻잔을 꺼내신 거예요, 아주머니. 꼭 제가 진짜 손님이 된 기분이었어요. 얼마나 심장이 두근거렸는지 몰라요. 지금까지 저를 위해서 제일 좋은 찻잔을 내준 사람이 아무도 없었거든요. 과일 케이크하고 파운드케이크랑 도넛도 먹고 잼도 두 종류나 먹었어요. 그러고는 배리 아주머니가 제게 차를 더 마실 건지 물으시더니 '여보, 앤에게 비스킷 좀 건네주실래요?'라고 말씀하셨어요. 어른이 된다는 건 틀림없이 근사한 일일 거예요. 어른처럼 대접받았을 뿐인데 이렇게 기분이 좋은 걸 보면 말이에요."

"그건 모르겠구나."

마릴라가 한숨을 짧게 내쉬었다.

"음, 아무튼 제가 어른이 되면 여자아이들을 늘 어른처

124

럼 대해줄 거예요. 아이들이 과장되게 말해도 절대 웃지 않을 거고요. 제가 슬픈 일을 겪어 보니 그게 얼마나 상처가 되는지 알겠더라고요. 차를 마신 뒤에 다이애나랑 저는 사탕을 만들었어요. 잘 만들지는 못했어요. 다이애나나 저나 처음이라서 그런 것 같아요. 다이애나가 제게 사탕을 저으라고 하고는 접시에 버터를 발랐는데, 제가 젓는 걸 깜박해서 태워 버렸거든요. 그러고는 접시를 받침에 올려놓고 식히고 있는데, 고양이가 그 위로 지나가는 바람에 그건 버릴 수밖에 없었어요. 하지만 사탕을 만드는 건 정말 재미있었어요. 그러다가 집에 올 때 배리 아주머니가 앞으로도 자주 놀러 오라고 하셨고 다이애나는 창 앞에 서서 제가 '연인의 오솔길'로 내려가는 내내 입맞춤을 날려 줬어요. 아주머니, 오늘 밤은 기도가 무척 하고 싶어요. 그리고 축하하는 의미에서 특별히 새로운 기도를 떠올려야겠어요."

앤이 단호히 말했다.

발표회와 불행한 사건 그리고 고백

"아주머니, 잠깐 다이애나 좀 만나고 와도 될까요?"

2월의 어느 저녁, 동쪽 다락방에서 앤이 헐레벌떡 뛰어내려왔다.

"날도 어두운데 뭐 하러 돌아다니려는 건지 모르겠구나. 다이애나와는 학교 마치고 집까지 같이 와서는, 눈밭에서도 30분은 더 서서 재잘재잘 마음껏 떠들었잖니. 그러고도 또 무슨 일로 그 애를 만난다는 건지 모르겠다."

마릴라가 무뚝뚝하게 말했다.

"하지만 다이애나가 절 부르는걸요. 아주 중요하게 할 말이 있는 거예요."

"그걸 어떻게 아니?"

"다이애나가 창문에서 신호를 보냈어요. 촛불이랑 판자로 신호를 보내기로 약속했거든요. 촛불을 창턱에 올려놓고 그 앞으로 판자를 넣었다 뺐다 해서 불빛이 깜박거리게 만드는 거예요. 깜박거리는 횟수가 많을수록 중요한 일이 있는 거고요. 제가 생각한 거고요, 아주머니."

"네 생각일 줄 알았다. 그 말도 안 되는 신호를 보내다가 커튼을 태우지나 않을지, 원."

"아, 조심조심하고 있으니 걱정 마세요, 아주머니. 그건 정말 재밌어요. 불빛이 두 번 비추면 보고 있느냐는 뜻이고, 세 번이면 '그래', 네 번이면 '아니'예요. 다섯 번은 꼭 해야 할 말이 있으니 얼른 오라는 뜻이고요. 다이애나가 지금 막 불빛 다섯 번을 보냈어요. 무슨 일인지 궁금해 죽겠어요."

"그래, 죽어서야 되겠니. 다녀오려무나. 하지만 10분 안에 돌아와야 한다. 명심하렴."

마릴라가 비꼬는 투로 말했다.

앤은 마릴라의 말을 명심하고 정해진 시간 안에 돌아왔다. 다이애나와 중요한 이야기를 10분 만에 끝내고 온다는 것은 너무 어려운 일이었지만, 앤은 용케도 10분을 잘 활용했다.

"마릴라 아주머니. 무슨 일인지 아세요? 있잖아요, 내일이 다이애나의 생일이래요. 다이애나네 어머니가 학교 끝나고 나랑 같이 집에 와서 밤새 놀 수 있는지 물어보라고 하셨대요. 다이애나의 사촌들도 뉴브리지에서 말이 끄는 썰매를 타고 올 거래요. 내일 밤 회관에서 열리는 토론 클럽 발표회에 가려고요. 저랑 다이애나도 데려갈 거래요. 아주머니가 허락해 주시면요. 허락해 주실 거죠, 아주머니? 아, 너무 설레요."

"진정하거라. 그리고 거긴 갈 수 없다. 집에서 얌전히 자는 편이 나을 거다. 클럽 발표회라는 것도 다 쓸데없는 짓이고, 여자애들이 그런 데 다니면 못쓴다."

"토론 클럽은 아주 교양 있는 모임이에요."

앤이 애원했다.

"모임이 나쁘다는 게 아니야. 발표회나 쫓아다니며 밤까지 쏘다니면 안 된다는 거지. 애들이 그러면 못쓴다. 배리 부인이 다이애나를 보낸다니, 놀랍구나."

"이번은 특별한 경우잖아요. 다이애나 생일은 일 년에 단 한 번뿐이에요. 생일이 흔히 오는 날이 아니잖아요, 아주머니. 프리시 앤드루스가 〈오늘 밤에는 종을 울리지 마세요〉를 암송한대요. 아주 도덕적인 시예요, 아주머니. 그 시를 들으면 제게도 도움이 많이 될 거예요. 그리고 합창단이 찬송가나 다름없는 슬프고 아름다운 노래를 네 곡이나 부른대요. 참, 목사님도 참석하실 거예요. 맞아요, 정말이에요. 목사님이 연설을 하신댔어요. 그럼 설교를 듣는거나 마찬가지잖아요. 제발요. 가면 안 되나요, 아주머니?"

앤이 울먹거리며 애처롭게 말했다.

"내 말 못 들었니, 앤? 신발 벗고 올라가 자거라. 8시가 넘었구나."

"한 가지 더 있어요, 아주머니. 배리 아주머니가 손님용 침실에서 자도 된다고 하셨대요. 아주머니와 사는 어린 앤이 손님방 침대에 눕는 명예를 얻는다고 생각해 보세요."

앤이 비장의 무기라도 꺼내는 얼굴로 말했다.

"그런 거 없이도 잘 지내는 게 명예란다. 가서 자라, 앤. 더는 아무 소리 하지 말고."

앤이 눈물을 흘리며 슬픔에 잠겨 다락방으로 올라가자, 두 사람이 얘기하는 동안 거실 의자에서 잠든 줄로만 알았던 매슈가 눈을 뜨며 단호한 말투로 얘기했다.

"글쎄, 마릴라. 앤을 보내 주는 게 좋겠어."

"안 돼요. 누가 저 애를 키우죠? 오라버닌가요, 난가요?"

마릴라가 쏘아붙였다.

"그거야, 너지."

"그러면 참견하지 마세요."

"글쎄다. 참견은 안 하마. 의견을 말하는 건 참견이 아니니까. 내 의견은 앤을 보내 줘야 한다는 거다."

"앤이 가고 싶다면 달나라에라도 보내 줘야 한다고 하시겠죠. 다이애나의 집에서 하룻밤 자는 것뿐이면 보내 줬을지 모르죠. 하지만 발표회까지는 안 돼요. 거기 갔다가는 틀림없이 감기에 걸릴 거라고요. 머리는 쓸데없는 생각들이랑 흥분으로 꽉 차서 올 거고요. 기분이 붕 떠서는 가라앉을 때까지 일주일은 가겠죠. 저 애 성격을 잘 알아요. 그러니 어떻게 하는 게 좋을지도 내가 더 잘 안다고요, 오라버니."

마릴라가 못 말리겠다는 듯이 대꾸했다.

"난 앤을 보내 줘야 한다고 생각한다."

매슈가 흔들리지 않고 반복해서 말했다. 매슈는 논쟁에는 약했지만 의견을 굽히지 않는 데는 확실히 발군의 실력이 있었다. 그런 매슈를 감당할 재간이 없자, 마릴라는 차라리 입을 닫아 버렸다. 다음 날 아침 앤이 부엌에서 아침 먹은 그릇들을 씻고 있을 때, 매슈가 헛간으로 나가다 말고 다시 마릴라에게 말했다.

"난 앤을 보내 줘야 한다고 생각한다, 마릴라."

한동안 마릴라는 험한 말이라도 내뱉을 것 같은 표정을 지었다. 그러다가 어쩔 수 없이 항복하고는 톡 쏘아붙였다.

"좋아요. 보낼게요. 그래야 만족을 하실 테니까요."

앤이 물이 뚝뚝 떨어지는 행주를 손에 든 채 부엌에서 뛰쳐나왔다.

"아주머니, 아주머니. 방금 하신 그 행복한 말씀 다시 한번 해 주세요."

"들었으면 됐다. 이건 오라버니의 뜻이고 나랑은 상관 없다. 남의 집 침대에서 자다가, 아니면 후끈한 회관에서 한밤중에 나오다가 폐렴이라도 걸리거든 나 말고 오라버니를 원망하거라. 앤 셜리, 기름기 섞인 물이 사방에 떨어지잖니. 너처럼 조심성 없는 아이는 처음 봤다."

앤이 풀이 죽어 말했다.

"제가 아주머니께 큰 골칫거리라는 거 알아요. 전 실수 투성이예요. 하지만 제가 실수하지 않은 것들도 생각해 주세요. 앞으로 또 할지도 모르지만요. 물 흘린 건 학교에 가기 전에 깨끗이 닦을게요. 아, 아주머니, 제 마음은 벌써 발표회 생각뿐이에요. 여태까지 발표회는 한 번도 못 가 봐서, 학교에서 다른 여자애들이 발표회 얘기를 할 때마다 소외되는 기분이었거든요. 그런 기분이 어떤 건지 아주머니는 모르셨겠지만, 아저씨는 알아주셨어요. 아저씨는 절 이해하세요. 누군가에게 이해받는 건 참 기분 좋은 일이에요, 아주머니."

앤은 너무 들떠서 학교에 가서도 공부를 제대로 할 수가 없었다. 길버트 블라이드가 받아쓰기에서 앤을 이겼고, 암산은 아예 멀찌감치 앞서 나가 버렸다. 하지만 앤은 발표회에 가고 손님방에서 잘 생각에 평소처럼 크게 굴욕스럽지 않았다. 앤과 다이애나는 하루 종일 그 얘기만 했다. 필립스 선생님보다 더 엄한 선생님이었다면 두 아이는 크게 혼이 났을 것이다.

앤은 발표회에 못 가게 됐다면 정말 견디기 힘들었을 거라고 생각했다. 정말이지 그날은 학교의 모든 아이들이 발표회 이야기만 했기 때문이다. 겨울 내내 격주로 한 번씩 모임을 갖는 에이번리 토론 클럽은 작은 규모로 무료 공연도 몇 차례 열었다. 하지만 이번 발표회는 도서관을 후원하는 특별한 대공연이어서 10센트씩 입장료도 받왔다. 에이번리 청년들이 발표회에 나가려고 몇 주씩 연습을 했고, 학생들도 자신의 언니오빠가 참가했기 때문에 큰 관심을 보였다. 학교에서도 아홉 살이 넘은 아이들은 캐리 슬론만 빼고 전부 가기로 했다. 캐리 슬론은 마릴라처럼 여자애들이 밤에 열리는 콘서트에 나다니면 못쓴다고 생각하는 아버지 때문에 갈 수가 없었다. 캐리 슬론은 오후 내내 문법책 위에 엎드려 울었고, 인생은 살 가치가 없다고 생각했다.

수업이 끝나자 앤은 점점 더 들떴다. 갈수록 흥분이 고조되더니 발표회 시작 시간이 임박하자 아예 황홀경에 이를 지경이었다. 앤과 다이애나는 '더없이 우아하게 차를 마신' 다음, 위층에 있는 다이애나의 작은 방으로 올라가 즐겁게 몸단장을 했다. 다이애나는 앤의 앞머리를 볼록하게 빗어 올려 새로운 퐁파도르 스타일*로 만들었고, 앤은 특별히 솜씨를 부려 다이애나에게 리본을 매어주었다. 뒷머리 모양도 대여섯 가지를 새롭게 시도해 본 끝에,

* pompadour style. 18세기 프랑스 궁정의 막후 세력이었던 퐁파도르 후작부인이 즐겨 하던 머리 모양을 말한다.

드디어 두 아이는 준비를 끝냈다. 뺨은 빨갛게 물들었고
눈은 설렘으로 반짝였다.

다이애나는 가벼운 털모자와 귀엽고 산뜻한 재킷을 입
었다. 그래서 사실 앤은 밋밋한 검은 모자와 집에서 만들
어 볼품없는 소매가 딱 달라붙는 회색 외투 등을 다이애
나의 것과 비교하며 어쩔 수 없이 마음이 쓰렸다. 하지만
곧 상상력을 발휘하기로 했다.

그때 뉴브리지의 다이애나 사촌들인 머레이 씨네 가족
들이 도착했다. 모두 밀짚과 모피 망토 같은 것을 덮고 상
자처럼 생긴 커다란 썰매에 빽빽하게 앉아 있었다. 앤은
썰매를 타고 회관까지 가는 것이 무척 즐거웠다. 썰매는
새틴처럼 매끈한 눈길을 사각거리며 달렸다. 저녁놀은 눈
부셨고, 눈 내린 언덕들과 세인트로렌스 만의 짙푸른 바
다가 저녁놀을 감싸 안았다. 마치 진주와 사파이어로 만
든 커다란 잔에 포도주와 불이 가득 담긴 것 같았다. 딸랑
거리는 썰매 종소리와 멀리서 숲속 요정들이 웃는 소리
인 듯 희미한 웃음소리가 사방에서 들렸다.

앤이 모피 망토 밑으로 엄지장갑을 낀 다이애나의 손
을 꼭 움켜쥐며 나지막이 말했다.

"아, 다이애나. 전부 다 아름다운 꿈같지 않니? 나 평소랑 똑같아 보여? 평소랑 기분이 너무 달라서 내 모습도 달라졌을 것만 같아."

"너 최고로 예뻐. 얼굴빛도 어느 때보다 아름다워."

다이애나가 말했다. 사촌에게 금방 칭찬을 들어서인지 자기도 누군가를 칭찬해 주고 싶었다.

그날 밤 프로그램은 적어도 한 명의 청중에게는 '감동의 연속'이었다. 다이애나에게 장담했듯이 앤은 공연이 계속될수록 감동도 점점 커졌다. 프리시 앤드루스는 새로 산 분홍 실크 블라우스를 입고 희고 매끄러운 목에 진주 목걸이를 걸었다. 머리에는 진짜 카네이션을 꽂았는데, 필립스 선생님이 프리시에게 주려고 시내까지 사람을 보내서 구해 왔다고들 수군댔다. 앤은 프리시가 '한 줄기 빛도 없는 어둠 속에서 매끈한 사다리를 올라갈' 마치 그게 자기 자신인 듯 행복한 상상에 몸을 떨었다. 합창단이 〈고결한 데이지는 저 높은 곳으로〉를 노래할 때는 천사들이 그려진 프레스코화가 보이기라도 하듯 천장을 응시했다. 이어서 샘 슬론이 〈소커리는 어떻게 암탉에게 알을 품게 했는가〉라는 이야기를 몸짓까지 동원하여 설명

할 때는 앤이 너무 웃어서 가까이에 앉은 사람들도 따라 웃었다. 에이번리에서는 이미 한물간 이야기여서 재미는 없었지만 앤이 어찌나 웃어대는지 덩달아 같이 웃은 것이다. 필립스 선생님은 심금을 울리는 목소리로 마르쿠스 안토니우스가 카이사르의 주검 앞에서 했던 연설을 읊었고, 한 문장이 끝날 때마다 프리시 앤드루스를 바라봤다. 앤은 마음을 흔드는 필립스 선생님의 목소리에 로마 시민 한 사람만 앞장서 준다면 당장에라도 일어나 폭동에 가담할 마음이 들었다.

프로그램에서 앤의 관심을 끌지 못한 참가자는 단 한 명이었다. 길버트 블라이드가 〈라인 강변의 빙엔〉을 암송하자, 앤은 로다 머레이가 도서관에서 빌려 온 책을 펼쳐 들고 읽었다. 길버트의 암송이 끝났을 때는 손바닥이 얼얼하도록 박수를 치는 다이애나 옆에서 꼿꼿이 앉아 손끝 하나 움직이지 않았다.

집으로 돌아온 시간은 11시였다. 둘은 녹초가 되었지만 아직 남아 있는 즐거움을 생각하며 지치지도 않고 신나게 재잘거렸다. 모두 잠들었는지 집은 어둡고 고요했다. 앤과 다이애나는 까치걸음으로 길고 좁은 응접실로 들어갔다. 응접실 끝에 손님방이 있었다. 활활 불이 붙은 난로에서 어슴푸레 빛이 새어 나와서 기분 좋은 따스함이 감돌았다.

"여기서 옷을 갈아입자. 정말 따뜻하고 기분 좋다."

다이애나가 말했다.

"정말 즐거운 시간이었지? 거기 올라가서 암송을 하면 얼마나 근사할까. 우리한테도 그런 날이 올까, 다이애나?"

앤이 황홀한 듯 한숨을 쉬었다.

"그럼, 당연하지. 언젠가는 그럴 거야. 상급생들에겐 항상 암송 기회가 있으니까. 길버트 블라이드는 자주 올라가잖아. 우리보다 고작 두 살 위인데. 아, 앤, 왜 그 애가 암송할 때 듣지 않는 척했니? '누이가 아닌, 또 한 여인이 있습니다'라는 구절을 외면서 너를 똑바로 쳐다봤단 말이야."

앤이 목소리에 힘을 실어 말했다.

"다이애나. 넌 내 마음의 친구지만, 그래도 그 애 이야기는 하지 않았으면 좋겠어. 잘 준비는 됐어? 침대까지 누가 먼저 가나 시합할까?"

다이애나도 재미있을 것 같았다. 하얀 잠옷을 입은 두

아이는 긴 응접실을 날듯이 달려 손님방 문을 지나 동시에 침대 위로 뛰어들었다. 그런데 밑에서 뭔가가 꿈틀하더니, 숨 막혀 비명을 지르는 소리가 이불 밖으로 희미하게 새어 나왔다.

"어이쿠!"

앤과 다이애나는 어떻게 침대에서 내려와 방을 뛰쳐나왔는지도 기억나지 않았다. 정신을 차리고 보니 방을 나와 벌벌 떨며 발꿈치를 들고 계단을 올라가고 있었다.

"아, 저게 누구…… 아니, 저게 뭐지?"

앤이 추위와 두려움에 이를 덜덜 부딪치며 속삭였다.

"조세핀 할머니야. 아, 앤, 조세핀 할머니 맞아. 왜 저기 계신지 모르겠지만. 어쩌지. 할머니가 화를 많이 내실 거야. 큰일났네. 정말 어떡하지? 그래도 너무 웃기지 않니, 앤?"

다이애나가 숨이 넘어갈 정도로 웃었다.

"조세핀 할머니가 누구야?"

"우리 아버지 숙모 되시는 분인데, 샬럿타운에 사셔. 연세가 아주 많으셔. 일흔쯤 되셨나. 할머니한테도 어린 시절이 있었을 거라고는 상상이 안 가. 할머니가 오실 줄은 알고 있었는데 이렇게 빨리 오실지 몰랐어. 할머니는 굉장히 엄하고 점잖으셔. 이 일로 분명히 야단치실 텐데. 휴, 우린 미니 메이랑 자야겠다. 미니 메이는 자면서 얼마나 몸부림을 치는지 몰라."

조세핀 배리 할머니는 다음 날 아침 식사 시간에 나오지 않았다. 배리 부인은 두 아이를 보며 상냥하게 미소를 지었다.

"어젯밤에는 재미있었니? 너희가 돌아올 때까지 자지 않으려고 했는데, 너무 피곤해서 그만 잠들어 버렸구나. 조세핀 할머니가 오셔서 너희는 위층에서 자야 한다고 말해 주려 했는데 말이야. 다이애나, 할머니를 귀찮게 하진 않았지?"

다이애나는 조심스레 입을 다물고 있었지만, 식탁 너머로 앤과 양심에 찔리면서도 재미있다는 듯 몰래 웃음을 주고받았다. 앤은 아침 식사를 마치고 서둘러 집으로 돌아가서, 그후 간밤 일로 배리 씨네가 한바탕 시끄러워진 줄 전혀 몰랐다. 늦은 오후에야 마릴라의 심부름으로 린드 부인 댁에 갔다가 소식을 들었다.

린드 부인이 말투는 엄하지만 눈빛은 재미있다는 듯 반짝이며 말했다.

"그래, 너와 다이애나가 지난밤에 가여운 배리 할머니를 놀라 자지러지게 했다지? 배리 부인이 방금 전 카모디에 가는 길에 여길 들렀단다. 걱정이 이만저만이 아니더구나. 배리 할머니가 아침에 눈을 떠서 어지간히 화를 낸 모양이야. 그 할머니 성격이 보통이 아니거든. 다이애나와는 한 마디도 안 하려고 하신단다."

앤은 후회막심이었다.

"다이애나 잘못이 아니에요. 제가 그랬어요. 누가 먼저 침대까지 가나 시합하자고 그랬거든요."

"그럴 줄 알았다! 그런 일이라면 앤 네 머리에서 나왔겠거니 했지."

린드 부인이 역시나 그렇지 하는 기색으로 의기양양하게 말했다.

"어쨌든 그 일로 꽤나 골치 아프게 됐어. 배리 할머니는 원래 한 달은 묵을 예정이었는데 하루도 더 있기 싫다며 일요일인 내일 당장 돌아가겠다고 하셨다는구나. 데려다 줄 사람만 있었다면 오늘이라도 당장 가셨을 거야. 다이애나가 한 학기 동안 음악 수업을 받을 수 있게 도와주기로 하셨었다는데, 이젠 그런 선머슴 같은 아이한테는 한

푼도 지원 못한다고 마음을 바꾸셨대. 어휴, 오늘 아침에 그 집은 난리도 아니었을 게야. 배리 씨네 상심이 클 테지. 배리 할머니가 부자라서 좋은 인상만 주고 싶었을 텐데 말이다. 물론 배리 부인은 그런 말까지는 안 했지만 사람 마음이란 게 다 그렇지."

"전 정말 재수가 없는 앤가 봐요. 늘 말썽만 부리고, 이젠 제 심장을 내줘도 모자랄 단짝친구까지 곤란하게 만들었잖아요. 전 도대체 왜 이럴까요, 린드 아주머니?"

앤이 한탄하듯 말했다.

"그건 네가 워낙 조심성이 없고 충동적이어서 그렇단다. 네 머릿속은 한시도 가만있질 않잖니. 머릿속에 떠오른 생각은 뭐든 말로 뱉어야 하고, 말한 대로 해야 하고, 또 앞뒤 잴 겨를도 없이 몸부터 나가고 말이야."

"아, 하지만 그건 그럴 수밖에 없어서 그런 거예요. 머릿속에 뭔가 신나는 일이 번쩍 떠오르면 입 밖으로 꺼내야 해요. 생각을 하다 말면 그 신나는 일을 망쳐 버리거든요. 아주머니는 그런 적 없으세요?"

아니, 린드 부인은 그런 적이 없었다. 부인은 근엄하게 고개를 저었다.

"생각을 조금 덜 하는 법을 배워야 해, 앤. 뛰려거든 뛸 곳을 먼저 보라는 속담을 잘 새겨 둬야 할 게다. 특히 손님방에 들어갈 때는 말이다."

린드 부인은 자기가 한 가벼운 농담에 기분 좋게 웃었지만 앤은 걱정이 가시지 않았다. 이 상황이 전혀 웃기지 않았고 아주 심각해 보이기만 했다. 린드 부인의 집을 나온 앤은 눈이 얼어붙은 들판을 가로질러 과수원집으로 걸음을 옮겼다. 다이애나가 부엌문을 열고 앤을 맞았다.

"조세핀 할머니가 화가 많이 나셨다며?"

앤이 목소리를 죽여 물었다. 다이애나가 킥킥 새어 나오는 웃음을 겨우 참으며, 어깨 너머로 문이 닫힌 거실 쪽을 불안하게 힐끔거렸다.

"응. 화가 나서 펄펄 뛰셨어. 얼마나 야단을 치셨다고. 할머니가 나처럼 품행이 나쁜 여자애는 처음 봤대. 엄마 아빠한테도 나를 이렇게 키웠다고 부끄러운 줄 알라고 하셨어. 할머니가 당장 가신다고 하는데 난 상관없어. 엄마 아빠는 아니신 거 같지만 말이야."

"내가 그랬다고 왜 말 안 했어?"

"내가 그럴 것 같니? 앤 설리, 난 고자질쟁이가 아니야.

그리고 어쨌든 나한테도 책임이 있지."

다이애나가 생각할 가치도 없는 질문이라는 듯이 말했다.

"있잖아, 내가 들어가서 할머니께 직접 말씀드릴래."

"앤 셜리, 절대 안 돼! 세상에, 할머니가 널 잡아먹으려고 하실 거야!"

"안 그래도 무서우니까 자꾸 겁주지 마. 나도 차라리 호랑이 굴에 들어가고 싶은 심정이야. 하지만 할머니를 뵈어야 해, 다이애나. 내 잘못이라고 고백해야 해. 고백이라면 해 본 적이 있으니까 괜찮아."

앤이 애원했다.

"그럼, 할머니는 거실에 계셔. 들어가고 싶으면 들어가도 돼. 나라면 못 해. 그리고 네가 가도 별 소용없을 거야."

다이애나의 응원 아닌 응원을 받으며 앤은 호랑이 소굴로 향했다. 아니, 결연히 거실 앞으로 가서 들릴락 말락 한 소리로 노크를 했다.

"들어와라."

날선 목소리였다. 마른 몸에 엄하고 꼬장꼬장해 보이는 조세핀 할머니가 난로 옆에 앉아 사나운 손길로 뜨개질을 하고 있었는데 아직 노여움이 가라앉지 않았는지 금테 안경 너머의 눈빛도 매서웠다. 할머니는 다이애나일 거라는 생각에 의자를 빙글 돌려 앉았지만 앞에는 새하얀 얼굴의 여자아이가 서 있었다. 아이의 커다란 눈에는 어떻게든 용기를 쥐어짰지만 두려움에 잔뜩 움츠러든 마음이 고스란히 담겨 있었다.

"넌 누구냐?"

조세핀 할머니가 인사 없이 바로 물었다.

"저는 초록 지붕 집에 사는 앤 셜리예요. 그리고 괜찮으시다면 고백할 게 있어서 왔어요."

앤은 특유의 자세로 두 손을 꽉 맞잡고 살짝 떨리는 목소리로 대답했다.

"뭘 고백한다는 거지?"

"지난밤에 침대 위로 뛰어든 건 전부 제 잘못이에요. 제가 그러자고 했거든요. 다이애나는 그런 행동은 생각도 안 해 봤을 거예요. 확실해요. 다이애나는 정말 숙녀다운 아이예요, 배리 할머니. 그러니까 할머니가 다이애나를 탓하시는 건 공정하지 못하다는 말씀을 드리려고요."

"뭐, 내가 어째? 다이애나도 뛰긴 같이 뛴 게 아니냐. 점

잖은 집 아이들이 그렇게 경망스럽게 행동한단 말이냐?"

"하지만 저희는 그저 재미로 그런 거였어요. 전 할머니께서 저희를 용서해 주셔야 한다고 생각해요. 지금 이렇게 사과드리잖아요. 어쨌든 제발 다이애나는 용서해 주시고 음악 수업도 받을 수 있게 해 주세요. 다이애나가 음악 수업을 얼마나 기대했는데요. 배리 할머니, 전 기대하던 일을 못하게 될 때의 기분을 너무 잘 알아요. 누군가에게 정 화를 내셔야 한다면 저한테 화를 내세요. 전 어렸을 때부터 사람들이 제게 화를 내는 데 익숙해서 다이애나보다 훨씬 잘 견딜 수 있거든요."

앤이 항변했다.

노부인의 눈에서 매서운 빛이 누그러든 자리에 호기심이 차올랐다. 그러나 말투는 여전히 엄했다.

"그저 재미였다는 말은 변명이 될 수 없다. 내가 어릴 때 여자애들이 재미있다고 아무런 행동이나 막 하지 않았다. 길고 고된 여행을 마치고 곤히 자는데, 다 큰 여자애 둘이 몸 위로 뛰어드는 바람에 잠을 깨는 게 어떤 기분인지 너는 모르겠지."

"잘 모르겠지만 상상은 할 수 있어요. 굉장히 놀라고 화가 나셨을 것 같아요. 하지만 저희도 나름 이유가 있었어요. 할머니도 상상할 수 있으신가요? 할 수 있다면 저희 입장이 되어 보세요. 저희도 침대 위에 누가 있을 거라곤 생각도 못했고, 할머니 때문에 놀라 기절할 뻔했어요. 얼마나 놀랐는데요. 게다가 손님방에서 자기로 되어 있었는데 손님방에서도 못 잤어요. 할머니는 손님방에서 주무시는 게 익숙하시겠죠. 하지만 할머니가 한 번도 그런 특권을 누린 적 없는 고아 여자애라면 기분이 어땠을지 상상해 보세요."

앤이 간절히 말했다.

이제 매서운 눈빛은 온데간데없었다. 배리 할머니는 웃음을 터뜨렸다. 걱정 때문에 입도 벙긋 못하고 부엌에서 기다리던 다이애나는 그 웃음소리에 숨통이 트이고 안심이 됐다.

"내 상상력은 조금 녹슨 것 같구나. 상상 같은 걸 해 본 지가 너무 오래된 게지. 네 입장을 들으니 내 입장만큼이나 설득력이 있구나. 모든 일이 각자의 입장에 따라 달라 보이니 말이다. 이리 와 앉아서 네 이야기를 해 보거라."

"정말 죄송하지만 그럴 수 없어요. 할머니는 참 재미있는 분 같아서 저도 그러고 싶어요. 보기와 다르게 저랑 마음이 통하실 거 같고요. 하지만 저는 마릴라 커스버트 아주머니가 계신 집에 돌아가야 해요. 마릴라 커스버트 아주머니는 매우 친절하신 분으로 저를 받아주시고 올바로 키워주고 계세요. 아주머니는 최선을 다하고 계시지만, 저 때문에 실망하실 때가 많아요. 제가 침대 위로 뛰어오른 건 아주머니 잘못이 아니에요. 하지만 집에 가기 전에, 다이애나를 용서하시고 원래 계시려고 했던 대로 에이번리에 계실 건지 말씀해 주시면 좋겠어요."

앤은 단호하게 말했다.

"네가 가끔 와서 말동무를 해 준다면 아마 그럴 것 같구나."

그날 저녁 배리 할머니는 다이애나에게 은팔찌를 선물로 주고 배리 부부에게 여행 가방을 풀었다고 알렸다.

"그 앤이라는 아이하고 얘기를 해 보고 싶어서 더 머물기로 했다. 재미있는 아이야. 내가 그맘때쯤일 땐 재미있는 사람이 드물었거든."

배리 할머니는 솔직하게 말했다.

이 이야기를 듣고 마릴라는 "내가 그럴 거라고 했죠"라고 할 뿐이었다. 매슈에게 들으라고 한 말이었다.

배리 할머니는 원래 예정했던 한 달이 지난 뒤에도 에이번리에 머물렀다. 앤과 이야기하며 기분 좋은 시간을 보낸 덕에 식구들과도 한결 잘 지냈다. 두 사람은 단단한 우정을 나누는 친구가 되었다.

이윽고 떠날 때가 되어 배리 할머니가 말했다.

"앤, 시내에 나오거든 꼭 나를 찾아오너라. 그럼 내가 제일 좋은 손님방에서 묵게 해 주마."

앤은 마릴라에게 이렇게 털어놨다.

"결국 배리 할머니는 마음이 통하는 분이셨어요. 할머니를 보기만 해서는 그런 생각이 안 드실 거예요. 하지만 정말이에요. 매슈 아저씨도 처음 만났을 땐 얼른 그런 생각이 들지 않았지만 금방 알게 됐잖아요. 마음이 통하는 사람을 만나는 건 제가 생각했던 것처럼 어려운 일이 아닌가 봐요. 세상에 그런 사람들이 많다는 걸 알게 돼서 정말 기뻐요."

20

지나친 상상력

초록 지붕 집에 다시 봄이 찾아왔다. 아름답지만 변덕을 부리며 꼼지락꼼지락 찾아드는 캐나다의 봄은 4월과 5월까지 상쾌하고 쌀쌀한 날들이 이어졌고, 해질녘 분홍빛 하늘 아래에서는 부활과 성장의 기적이 펼쳐졌다. '연인의 오솔길'에 늘어선 단풍나무가 빨간 잎눈을 틔우고, '드라이어드 샘' 주위에는 동그랗게 잎을 말아 쥔 작은 고사리들이 고개를 내밀었다. 저 위 멀리, 사일러스 슬론 씨네 집 뒤쪽 쓸쓸한 땅에는 메이플라워 꽃이 피어 갈색 잎 아래로 분홍색, 하얀색 별들이 아기자기

155

하게 매달린 듯 보였다. 학생들은 남녀 할 것 없이 꽃을
따며 즐거운 오후를 보냈고, 그렇게 모은 꽃들을 팔이며
바구니에 가득 담아 맑은 석양빛에 물든 길을 따라 집으
로 돌아갔다.

"메이플라워가 없는 곳에 사는 사람들이 정말 딱해요.
다이애나는 더 좋은 게 있을 거라고 하지만 메이플라워
보다 더 좋은 게 있을까요, 아주머니? 메이플라워가 어떤
꽃인지 모르는 사람은 아쉬워하지도 않을 거라고 다이애
나가 그랬어요. 그렇다면 그보다 더 슬픈 일도 없을 거 같
아요. 메이플라워가 어떻게 생겼는지도 모르고 보고 싶어
하지도 않는다니, 아주머니, 그건 비극이에요. 제가 메이
플라워를 뭐라고 생각하는지 아세요? 지난여름 죽은 꽃
들의 영혼이에요. 그러니까 이곳이 꽃들의 천국인 거죠.
오늘은 정말 재미있었어요, 아주머니. 오래된 우물 옆에
이끼로 뒤덮인 넓고 우묵한 곳에서 점심을 먹었어요. 참
낭만적인 장소였어요. 찰리 슬론이 아티 길리스한테 우
물을 뛰어넘어 보라고 했는데 아티가 정말 뛰어넘었어요.
못한다고 뺄 순 없으니까요. 다른 아이들이었대도 그랬
을 거예요. 요즘 그런 도전 놀이가 대유행이거든요. 필립

스 선생님이 메이플라워 꽃을 따서 프리시 앤드루스한테 모두 줬는데, 꽃을 주며 '아름다운 그대에게 아름다운 꽃을'*이라고 말하는 걸 제가 들었어요. 책에서 인용한 말이란 건 알지만, 선생님도 상상력이 조금은 있으신 거 같아요. 저도 누가 메이플라워 꽃을 줬지만 받지 않고 무시했어요. 그 애 이름은 앞으로 절대 입에 올리지 않겠다고 맹세했기 때문에 누군지 말씀드릴 순 없어요. 우린 메이플라워 꽃으로 화관을 만들어서 모자 위에 얹고 집에 올 때 두 사람씩 줄을 서서 큰길까지 내려왔어요. 머리에 화관을 쓰고 손에는 꽃다발을 들고 〈언덕 위의 나의 집〉을 부르면서 말이에요. 아, 얼마나 신났는지 몰라요, 아주머니. 사일러스 슬론 씨네 가족이 전부 뛰어나와 우리를 쳐다봤고 길가에서 마주치는 사람들마다 걸음을 멈추고 우리를 돌아봤어요. 우리가 가는 곳마다 얼마나 시선을 끌었다고요."

"그랬을 테지! 그런 멍청한 짓을 했으니!"라는 게 마릴

---

* "Sweets to the sweet." 《햄릿》에서 거트루드 왕비가 죽은 오필리아에게 꽃을 바치며 한 말이다.

라의 반응이었다.

메이플라워 꽃이 진 다음 제비꽃이 피어나자 '제비꽃
골짜기'가 온통 보랏빛으로 물들었다. 등교길에 앤은 성
지를 걷듯 경건한 걸음과 엄숙한 눈을 하고 보랏빛 골짜
기를 지나갔다.

"왜 그런지 여길 지날 때면 수업에서 길…… 누가 나를
앞서든 말든 정말 아무런 상관도 없어진다니까. 그런데
학교만 도착하면 전혀 달라져서 평소처럼 신경이 쓰여.
내 안에는 앤이 여러 명 있나 봐. 가끔은 그래서 내가 이
렇게 사고뭉치가 됐나 하는 생각이 들어. 만약 내 안에 내
가 한 명이라면 지금보다 훨씬 더 편했을 거야. 재미는 절
반도 안 됐겠지만."

앤이 다이애나에게 말했다.

6월 어느 저녁, 앤은 다락방 창가에 앉아 있었다. 과수
원에 다시 분홍빛 꽃이 만개하고, '반짝이는 호수' 위쪽
습지에서 개구리들이 맑은 울음을 울어댔으며, 들판을 뒤
덮은 클로버와 발삼전나무 향기가 대기에 가득했다. 수업
내용을 공부하고 있었지만, 날이 저물어 책을 읽기가 힘
들었다. 그래서 앤은 눈을 동그랗게 뜨고는 또다시 별이

총총 박힌 듯 꽃이 만발한 '눈의 여왕'의 굵은 가지 저 너머를 바라보며 몽상에 빠져들었다.

동쪽 다락방은 크게 바뀐 게 없었다. 벽은 여전히 하얗고, 바늘꽂이는 딱딱했으며, 의자는 변함없이 노랗고 반듯했다. 하지만 방의 분위기는 완전히 달라졌다. 새로운 활기와 톡톡 튀는 개성이 방 전체에 스며 있었다. 여학생의 책이나 옷, 리본 같은 것들 때문이 아니었다. 탁자 위에 금이 간 파란 단지에 가득 담긴 사과꽃과도 상관없었다. 상상력 풍부한 이 방의 주인이 잘 때나 깨어 있을 때나 꾸는 온갖 꿈이 손에 잡히지는 않지만 눈에 보일 듯이 배어 있었다. 휑한 방에 무지개와 달빛으로 엮은 아름다운 얇은 천을 걸어 둔 느낌이다. 얼마 지나지 않아 마릴라가 방금 다린 학교 앞치마를 들고 성큼성큼 방으로 들어왔다. 마릴라는 앞치마를 의자에 걸어 놓고 짧은 한숨을 뱉으며 앉았다. 그날 오후에도 두통으로 고생한 뒤라, 통증은 사라졌지만 여전히 기운이 없었다. 마릴라의 표현에 따르면 '지칠 대로 지친' 기분이었다. 앤은 맑은 눈으로 걱정스럽게 마릴라를 쳐다봤다.

"제가 대신 아플 수만 있다면! 아주머니를 위해서라면

두통도 기쁜 마음으로 견딜 수 있을 거예요."

"그래도 네가 도와주는 덕에 내가 쉴 수 있단다. 요즘
은 일도 곧잘 하고 전보다 실수도 줄었더구나. 물론 오라
버니의 손수건에 꼭 풀을 먹일 필요는 없었지만! 또 보통
사람들은 점심에 먹으려고 파이를 데울 때 오븐에 넣었
다가 따뜻해지면 꺼내지, 다 타서 바스러질 때까지 놔두
지 않고 말이다. 하지만 그러지 않으면 네가 아니지."

마릴라는 두통이 있는 날이면 늘 그렇게 살짝 비꼬는

말투였다.

"아, 정말 죄송해요. 파이는 오븐에 넣고 지금까지도 깜박 잊고 있었어요. 점심 식탁에 뭔가 빠진 기분이 들긴 했지만요. 아침에 아주머니가 제게 파이를 맡기셨을 땐 상상 같은 건 절대 하지 말고 눈앞의 일들만 생각하자고 단단히 결심했었어요. 파이를 오븐에 넣을 때까진 잘해냈는데, 제가 마법에 걸린 공주가 됐다는 상상을 떨쳐내기가 힘들었어요. 제가 마법에 걸려 외로운 성안에 갇혀 있고 멋진 기사가 새까만 말을 타고 저를 구하러 오는 상상이었거든요. 그러다 보니 파이를 까맣게 잊었어요. 제가 손수건에 풀을 먹인 것도 몰랐어요. 다림질하는 내내 다이애나와 함께 개울 위쪽에서 발견한 새로운 섬의 이름을 생각했거든요. 아주머니, 거긴 정말 멋져요. 단풍나무가 두 그루 서 있고 개울이 그 섬을 끼고 흘러요. '빅토리아 섬'이라고 부르면 딱 좋겠다는 생각이 들었어요. 우리가 그 섬을 발견한 날이 여왕님의 생일이었거든요. 다이애나와 전 둘 다 충성심이 강하거든요. 하지만 파이랑 손수건은 정말 죄송해요. 오늘 하루는 특별히 더 기분 좋은 날이었으면 좋겠어요. 오늘은 기념일이거든요. 작년 오늘 무슨 일이 있었는지 아세요, 아주머니?"

"글쎄다. 딱히 생각나는 일이 없구나."

"아이, 아주머니, 제가 초록 지붕 집에 온 날이잖아요. 전 절대 잊지 못해요. 제 인생의 전환점이었으니까요. 물론 아주머니께는 별로 중요한 일이 아니었겠지만요. 제가 여기 온 지 일 년이 지났고, 그동안 정말 행복했어요. 물론 힘든 일도 많았지만 원래 살다 보면 힘든 일도 있잖아요. 절 키우기로 한 거 후회하세요, 아주머니?"

마릴라는 가끔 앤이 초록 지붕 집에 오기 전에는 어떻게 살았나 싶을 때가 있었다.

"아니다. 후회한다고는 말할 수 없지. 아니, 절대 후회하지 않아. 앤, 공부 끝났으면 배리 부인에게 가서 다이애나의 앞치마 견본을 빌려줄 수 있는지 물어보고 오너라."

"아…… 너무…… 너무 캄캄하잖아요."

앤이 소리쳤다.

"너무 캄캄하다고? 이제 겨우 초저녁인데. 그리고 넌 해 떨어진 뒤에도 자주 나갔잖니."

"내일 아침 일찍 다녀올게요. 해 뜰 때 일어나서 가면 안 될까요, 아주머니?"

"또 무슨 생각을 한 게야, 앤 셜리? 오늘 저녁에 네 새 앞치마를 마름질하려면 견본이 필요해. 바보같이 굴지 말고 어서 다녀와."

"······ 그럼 큰길로 돌아서 다녀올게요."

앤이 마지못해 모자를 집어 들었다.

"큰길로 돌아가면 30분이나 더 걸리잖니! 왜 이러는지 모르겠구나!"

"'유령의 숲'을 지나갈 수가 없어요, 아주머니."

앤이 간절한 얼굴로 울먹였다. 마릴라가 앤을 빤히 쳐다봤다.

"유령의 숲이라니! 제정신이냐? 유령의 숲이 도대체 뭐니?"

"개울 건너의 가문비나무 숲이오."

앤이 기어들어가는 목소리로 말했다.

"바보 같은 소리! 유령의 숲 같은 건 없어. 누가 그런 쓸데없는 소릴 하니?"

"아무도 안 했어요. 다이애나랑 제가 그 숲에 유령이 돌아다닌다고 그냥 상상했어요. 이쪽 주변은 다······ 다 평범해 보여서요. 재미 삼아 해본 거예요. 4월부터요. 유령이 돌아다니는 숲이라니, 정말 낭만적이잖아요, 아주머니. 가문비나무 숲을 고른 건 거기가 워낙 컴컴해서예요. 우린 제일 무시무시한 것들을 상상했어요. 딱 이맘때쯤 어두워지면 하얀 옷의 여자가 두 손을 꽉 쥐고 곡소리를 내며 개울을 따라 걷죠. 여자가 나타나면 가족 중에 누가 죽게 되고요. 그리고 살해당한 꼬마 유령이 '한적한 숲' 근처 구석진 곳을 어슬렁거리다가 사람이 지나가면 뒤에서 슬그머니 다가와서 차가운 손가락으로 손을 잡아요. 아, 아주머니, 생각만 해도 몸서리가 쳐져요. 또 목 없는 사람이 길을 오르락내리락하고, 해골들이 나뭇가지 사이로 우리를 노려보기도 해요. 아, 아주머니, 어두워진 뒤에는 '유령의 숲' 쪽으로 무슨 일이 있어도 가지 않을 거예요. 나무 뒤에서 하얀 게 튀어나와 저를 붙잡을 거란 말이에요."

"별 이상한 소리도 다 듣겠다! 앤 셜리, 네가 상상한 그 말도 안 되는 얘기를 다 믿는다는 거니?"

마릴라가 말문이 막혀 듣고 있다가 소리쳤다.

"다 믿는 건 아니에요. 적어도 낮에는 믿지 않는데…… 어둠이 내리면, 아주머니, 또 달라요. 그때가 유령이 나타

날 때라니까요."

앤이 머뭇거리며 말했다.

"유령 같은 건 없어, 앤."

"있어요! 유령을 본 사람들도 있단 말이에요. 찰리 슬론이 그러는데, 자기 할머니는 어느 날 밤에 일 년 전 돌아가신 할아버지가 소떼를 몰고 가는 모습을 보셨대요. 찰리 슬론네 할머니는 절대 거짓말을 하실 분이 아니잖아요. 신앙심도 아주 깊으신 분이고요. 그리고 토머스 아주머니네 아버지는 어느 날 밤 집으로 오는 길에 목이 잘려서 간당간당하게 매달려 있고 온몸이 불에 타는 양한테 쫓겼대요. 그분은 그게 죽은 형의 영혼이고, 앞으로 9일 안에 자기가 죽는다는 경고라고 했대요. 그런데 9일 안은 아니지만 2년 뒤에 돌아가셨죠. 그러니까 정말이잖아요. 또 루비 길리스가 그러는데……."

앤이 필사적으로 매달리며 울먹였다.

"앤 셜리. 그런 얘기는 다시는 하지 말거라. 너의 그 상상력이 줄곧 마음에 걸리긴 했다만, 네 상상의 결과가 이런 거라면 나도 더는 두고만 볼 수 없구나. 당장 배리 부인 댁에 다녀오거라. 정신도 차릴 겸 가문비나무 숲을 지나서. 그리고 앞으로 유령의 숲 운운하는 소리는 다시는 꺼내지 마."

앤은 울면서 매달리고 싶었고, 실제로 그렇게 매달렸다. 마음속 공포가 현실처럼 느껴진 탓이었다. 상상력은 고삐를 풀고 날아오르더니 앤을 어둠이 내린 공포 가득한 가문비나무 숲으로 데려갔다. 하지만 마릴라는 가차 없었다. 마릴라는 유령의 존재를 믿고 잔뜩 겁에 질린 아이를 샘으로 데려가서, 곧장 다리를 건너 흐느끼는 여자와 머리 없는 유령이 배회하는 어스름한 고요 속으로 들어가라고 명령했다.

"아, 아주머니, 어떻게 이렇게 잔인하세요? 하얀 유령이 저를 붙잡아 끌고 가면 어떻게 하시려고요?"

앤이 흐느껴 울었다.

"잡혀갈지 어떨지 한번 보자꾸나. 알겠지만 난 빈말은 안 한다. 유령이 돌아다닌다는 상상 같은 건 당장 지워줘야겠다. 어서 다녀와."

앤은 걷기 시작했다. 발을 더듬으며 다리를 건너고 무시무시한 어둠이 깔린 길을 바들바들 떨며 나아갔다. 앤은 이 길을 결코 잊지 못할 것 같았다. 그동안 마음껏 상상력을 펼쳤던 자신이 뼈저리게 후회됐다. 상상에서 튀어나온 요괴들이 앤을 감싼 어둠 속에 숨어 있다가 차갑고 앙상한 손을 뻗어 그들을 불러낸, 겁에 질린 작은 여자아이를 붙잡으려 했다. 앤은 골짜기에서 날아온 하얀 자작나무 껍질이 갈색 숲길에 놓인 것을 보고도 심장이 멎을 만큼 놀랐다. 오래된 나뭇가지 두 개가 서로 부딪히며 흐느껴 울듯 긴 소리를 내자 이마에 식은땀이 송골송골 맺혔다. 어둠 속에서 머리 위로 곤두박질치는 박쥐들도 괴생명체로만 보였다.

윌리엄 벨 씨네 들에 다다르자 앤은 하얀 유령들이 떼를 지어 쫓아오기라도 하듯 내달렸고, 배리 씨네 부엌문 앞에 도착했을 때는 너무 숨이 차서 앞치마 견본을 빌리러 왔다는 말도 제대로 나오지 않았다. 다이애나가 집에 없었기 때문에 배리 씨네 집 앞에서 더 꾸물거릴 핑계도 없었다. 공포 가득한 길을 되돌아갈 일만 남았다.

앤은 하얀 유령들을 목격하느니 나무에 머리를 부딪치는 게 낫다는 심정으로 눈을 질끈 감고 왔던 길을 되돌아갔다. 마침내 휘청거리는 걸음으로 통나무 다리를 건너고 나서야 마음이 놓여 떨리는 숨을 길게 들이쉬었다.

"그래, 뭐 쫓아오는 거 없더냐?"

"아, 아주머니. 앞으론 평, 평범한 데 마, 마, 만족할래요."

앤이 이를 딱딱 부딪치며 말했다.

맛의 신기원

"아, 린드 아주머니가 이 세상은 만남과 이별뿐이라고 하셨는데 그 말이 맞아요."

6월 마지막 날, 앤은 석판과 책을 부엌 탁자에 내려놓으며 구슬피 읊조렸다. 그리고 흠뻑 젖은 손수건으로 새빨개진 눈을 닦았다.

"오늘 학교 갈 때 손수건을 한 장 더 챙겨서 다행이죠, 아주머니? 그래야 한다는 예감이 들었거든요."

"네가 그렇게까지 필립스 선생님을 좋아하는지 미처 몰랐구나. 선생님이 그만두신다고 눈물을 훔치느라 손수건이 두 장이나 필요하다니 말이다."

"선생님이 정말로 너무 좋아서 우는 건 아니에요. 다른 아이들도 다 우니까 그냥 우는 거죠. 루비 길리스가 제일 먼저 울었어요. 루비 길리스는 늘 필립스 선생님을 싫어한다고 떠들어 댔지만, 선생님이 마지막 인사말을 시작하자마자 울음을 터뜨렸어요. 그러자 여자애들이 전부 연달아 울기 시작했고요. 전 참고 버티려고 했어요, 아주머니. 필립스 선생님이 저를 길…… 남자애 옆자리에 앉혔을 때를 생각하면서요. 또 칠판에 제 이름을 쓸 때 'e'를 빠뜨리셨고요. 저처럼 기하학을 못하는 학생은 처음 봤다고도 하셨고, 제 맞춤법을 비웃기도 하셨죠. 늘 그렇게 못되게 굴고 빈정거리던 모습을 떠올리려고 했거든요. 하지만 어쩐 일인지 참아지지가 않았어요, 아주머니. 저도 그래서 울기 시작한 거예요. 제인 앤드루스는 필립스 선생님이 학교를 떠난다니 너무 좋다면서 한 달 동안 떠들었고 자기는 눈물 한 방울도 안 흘릴 거라고 장담했었다니까요. 그런데 다른 아이들보다 더 울어서 남동생한테 손수건까지 빌렸어요. 당연히 남자애들은 울지 않았거든요. 제인 앤드루스는 손수건을 한 개밖에 안 가져왔는데, 그것도 필요 없을 줄 안 거죠. 아, 아주머니, 가슴이 찢어질 듯 아팠어요. 필립스 선생님이 작별 인사를 정말 아름다운 말로 시작하셨거든요. '이제 헤어질 시간이 왔습니다' 라고 말이에요. 너무 감동적이었어요. 선생님도 눈물을 흘리셨어요, 아주머니. 아아, 그동안 학교에서 떠들고, 석판에 선생님을 그리고, 프리시하고 선생님 사이를 놀렸던 게 전부 다 너무 죄송하고 후회스러웠어요. 제가 미니 앤드루스 같은 모범생이라면 얼마나 좋을까 하고 바랐어요. 그 애는 양심에 거리낄 게 아무것도 없을 테니까요. 집에 오는 길에도 여자애들은 계속 울었어요. 마음이 가라앉을 만하면 캐리 슬론이 '이제 헤어질 시간이 왔습니다' 하고 선생님을 흉내 내는 통에 다시 울음이 터지고 그랬거든요. 정말 너무 슬퍼요, 아주머니. 하지만 이제 곧 두 달간의 방학이 시작될 텐데 깊은 절망에만 빠져 있으면 안 되겠죠? 그리고 이번에 새로 오신 목사님과 사모님을 역에서 만났어요. 필립스 선생님이 떠나시는 건 마음이 정말 아팠지만, 새로 오신 목사님이 궁금한 건 어쩔 수 없잖아요? 사모님은 정말 예쁘세요. 물론 여왕처럼 막 예쁜 건 아니고요. 목사님 부인이 그렇게 예쁘면 안 될 것 같아요.

그러면 좋은 본보기가 되지 못할 테니까요. 린드 아주머니가 그러시는데, 뉴브리지의 목사님 부인은 너무 멋을 부려서 아주 나쁜 본을 보이셨대요. 새로 오신 우리 목사님 부인은 귀여운 볼록 소매가 달린 파란 모슬린 드레스를 입고 테두리에 장미 장식이 달린 모자를 쓰셨더라고요. 제인 앤드루스는 목사님 부인이 입기엔 볼록 소매가 너무 세속적인 것 같다고 하지만, 전 그렇게 냉정하게는 말을 못하겠어요, 아주머니. 전 볼록 소매를 입고 싶은 마음이 어떤 건지 잘 알거든요. 게다가 그분은 목사님 부인이 된 지도 얼마 안 됐으니까 이해해 드려야죠. 목사님 내외분은 목사관이 정리될 때까지 린드 아주머니 댁에 묵으신대요."

그날 저녁 마릴라가 린드 부인의 집을 찾은 이유는 지난겨울에 빌렸던 누비이불 틀을 돌려준다는 것이었지만, 그것 말고도 이유는 또 있었다. 그것은 에이번리 사람들이라면 대부분 갖고 있는 정감 어린 약점이었다. 린드 부인은 사람들에게 여러 가지 물건을 빌려주었는데 개중에 다시는 돌려받지 못할 줄 알았던 것들도 있었다. 그날 밤 그런 물건들이 빌려 갔던 사람들의 손에 들려 부인의 집으로 돌아왔다. 흥미로운 사건이라고 할 만한 게 거의 없는 작고 조용한 시골 마을에 새로 부임한 목사, 그것도 부인과 함께 온 목사는 호기심의 대상이었으니까.

앤이 보기에 상상력이 부족해 보였던 벤틀리 목사는 에이번리에서 18년간 목사로 있었다. 벤틀리 목사는 아내를 잃고 홀몸으로 부임했다. 해마다 이 여자, 저 여자, 아니면 또 다른 여자랑 결혼할 거라는 소문이 끊이지 않았지만, 결혼하지 않고 계속 혼자 살았다. 지난 2월에 벤틀리 목사는 목사직에서 물러났고 애석해 하는 신도들을 뒤로하고 마을을 떠났다. 설교에 부족한 점이 많기는 했어도 오랜 시간 함께 지내면서 선량한 목사에게 정이 깊었다. 그 뒤로 에이번리 교회에는 일요일마다 여러 목사 후보들이 찾아와 설교 시범을 보이며 각양각색의 교리 해석과 능력을 선보였다. 목사를 결정하는 것은 교회 장로들이었다. 하지만 커스버트 씨네 오랜 가족석 한구석에 얌전히 앉아 있는 빨강 머리 꼬마 여자아이에게도 나름의 의견이 있어서 목사 후보들에 대해 매슈와 이런저런 생각들을 논했다. 마릴라는 어떤 식으로든 목사를 비평하는 것은 원칙적으로 반대했다.

앤이 최종 결론을 내렸다.

"스미스 목사님은 안 될 거예요, 아저씨. 린드 아주머니는 전달력이 너무 부족하다고 하시지만, 제가 볼 땐 벤틀리 목사님처럼 상상력이 전혀 없다는 게 가장 큰 단점이에요. 테리 목사님은 상상력이 너무 많고요. 그분은 제가 '유령의 숲'을 상상할 때처럼 도가 지나쳐요. 또 린드 아주머니는 그분의 종교관도 별로 건전하지 못하다고 하셨어요. 그레섬 목사님은 정말 좋은 분이고 신앙심도 아주 깊지만, 웃긴 얘기를 너무 많이 해서 교회에 온 사람들이 웃기만 해요. 그러면 위엄이 없어 보이잖아요. 목사님은 어느 정도 위엄이 있어야 하지 않나요, 아저씨? 마셜 목사님은 확실히 사람 마음을 끄는 뭔가가 있지만, 린드 아주머니가 자세히 알아봤는데 결혼도 안 했고 심지어 약혼도 안 하셨대요. 아주머니는 그분이 신도하고 결혼할지도 모른다고, 그러면 시끄러워질 수 있다고 하세요. 린드 아주머니는 정말 멀리까지 내다보시는 거 같아요. 그렇죠, 아저씨? 전 교회에서 앨런 목사님을 초청해서 정말 기뻐요. 앨런 목사님은 설교도 재밌게 하시고, 기도할 때도 습관처럼 하는 게 아니라 진심으로 하시는 거 같아요. 린드 아주머니는 그분이 완벽하진 않지만 일 년에 750달

176

러 가지고 완벽한 목사님을 바라면 안 된다고 하시더라고요. 그리고 어쨌든 그분은 종교관이 건전하대요. 아주머니가 앨런 목사님께 교리에 대해 요목조목 물어보셨대요. 그리고 목사님 부인 쪽 집안사람들도 아시는데, 더없이 좋은 분들이고 여자들도 전부 훌륭한 가정주부래요. 린드 아주머니는 건전한 교리를 가진 남편과 훌륭한 가정주부인 아내라면 목사님의 가정으로서 이상적인 조합이라고 하셨어요."

새로 부임한 목사와 그의 부인은 인상 좋은 젊은 부부였고, 아직 신혼이었으며, 자신들이 선택한 평생의 업에 대해 선하고 참다운 열정으로 가득했다. 에이번리 사람들은 처음부터 두 사람에게 마음을 열었다. 노인이나 젊은이 할 것 없이, 솔직하고 쾌활하며 이상이 높은 젊은 남자와 목사관의 안주인이 될 밝고 온유한 젊은 여자를 좋아했다. 앤은 앨런 부인을 금세 진심으로 좋아하게 되었다. 마음이 통하는 사람을 또 한 명 발견한 것이었다.

어느 일요일 오후 앤이 진지하게 말했다.

"앨런 사모님은 정말 멋진 분이세요. 주일학교 우리 반을 맡으셨는데 아주 훌륭한 선생님인 것 같아요. 수업에 들어오자마자 선생님만 질문하는 건 공평하지 않다고 말씀하셨다니까요. 아주머니, 저도 늘 그렇게 생각했잖아요. 우리한테도 묻고 싶은 게 있으면 아무거나 물어보라고 하셔서 제가 질문을 아주 많이 했어요. 전 질문하는 데 소질이 있는 거 같아요, 아주머니."

"그랬을 테지."

"저랑 루비 길리스 말고는 아무도 질문을 안 하더라고요. 루비 길리스는 이번 여름에도 주일학교 소풍을 가는지 물었어요. 그건 수업이랑 아무 관계도 없는 내용이라 적당한 질문은 아니었다고 생각해요. 오늘 수업은 사자 굴속의 다니엘이었거든요. 그래도 앨런 사모님은 소풍을 갈 거 같다고 웃으면서 대답해 주셨어요. 앨런 사모님은 웃는 모습이 참 예뻐요. 웃으실 때 뺨에 생기는 보조개도 참 아름답고요. 저도 뺨에 보조개가 있으면 좋겠어요, 아주머니. 지금은 여기 처음 왔을 때보다 살이 쪘지만 보조개는 아직 없잖아요. 저도 보조개가 있으면 사람들에게 좋은 영향을 줄 수 있을 텐데요. 앨런 사모님은 우리가 다른 사람들에게 좋은 영향을 줄 수 있도록 항상 노력해야 한다고 하셨어요. 다른 좋은 얘기도 많이 해 주셨어요. 전 종교가 이렇게 즐거운 건지 예전엔 미처 몰랐어요. 종교란 좀 우울한 거라고만 늘 생각했거든요. 하지만 앨런 사모님께 배우는 종교는 그렇지가 않아요. 사모님 같은 사람이 될 수 있다면 저도 기독교인이 되고 싶어요. 벨 장로님 같은 기독교인은 말고요."

"벨 장로님을 그런 식으로 말하는 건 아주 버릇없는 태도야. 벨 장로님은 정말 좋은 분이야."

마릴라가 엄하게 말했다.

"아, 물론 좋은 분이시죠. 하지만 좋은 사람이라는 걸 전혀 즐거워하지 않으시는 것 같아요. 제가 좋은 사람이 될 수 있다면 전 기뻐서 하루 종일 춤추고 노래하겠어요. 앨런 사모님은 나이가 있으니까 춤추고 노래하진 못하시겠죠. 물론 목사님 부인이라 체통도 있을 거고요. 하지만 사모님이 기독교인이라는 사실을 기쁘게 여긴다는 걸 전 알 수 있어요. 기독교를 믿지 않고 천국에 갈 수 있다 해도 기독교인으로 남으실 분이라는 걸 말이에요."

"조만간 앨런 목사님 내외를 초대해 차를 대접해야 할 것 같다. 우리 집 말고는 거의 다 방문을 하셨더구나. 어디 보자. 다음 주 수요일에 초대하면 되겠다. 매슈 오라버니에게는 한 마디도 하지 말거라. 오라버니가 알았다가는 목사님 내외분이 오시는 날짜에 어떻게든 핑계를 만들어서 나가 버릴 거야. 벤틀리 목사님하고는 익숙해져서 괜찮았는데, 새 목사님과 안면을 트는 걸 어려워할 게 뻔하고 목사님 부인까지 온다고 하면 기겁할걸."

마릴라가 생각에 잠겼다.

"입도 벙긋하지 않을게요. 근데 음, 아주머니, 그날 케이크는 제가 만들어도 될까요? 앨런 사모님을 위해 정말로 뭔가 하고 싶어요. 저도 이젠 케이크를 꽤 잘 만들잖아요."

앤이 자신 있게 말했다.

"레이어 케이크를 만들렴."

마릴라가 약속했다.

월요일과 화요일, 초록 지붕 집은 목사님 내외를 맞을 준비로 분주했다. 목사님과 부인에게 차를 대접하는 것은 무척 중요한 일이었고, 마릴라는 에이번리의 어느 주부에게도 밀리지 않게 준비하겠다고 마음먹었다. 앤도 기쁨과 흥분에 들떴다. 화요일 밤, 황혼이 내린 뒤에 앤은 다이애나와 함께 '드라이어드 샘' 근처의 커다란 붉은 바위에 앉아 전나무 진액에 담갔던 작은 나뭇가지로 물 위에 무지개를 그리며 이야기를 나누었다.

"준비는 다 됐어, 다이애나. 아침에 케이크만 만들면 돼. 베이킹파우더 비스킷은 아주머니가 차를 대접하기 직전에 구우실 거고. 다이애나, 아주머니와 난 이틀을 바쁘게 준비했어. 목사님 가족을 초대한다는 건 정말 보통 일이 아니야. 이런 일은 한 번도 해 본 적이 없어. 네가 우리 벽장을 한번 봐야 하는데. 보기만 해도 한숨이 나올걸. 닭고기 젤리랑 차가운 혀 요리를 낼 거야. 젤리는 노랑이랑 빨강, 두 종류를 준비하고, 생크림이랑 레몬 파이랑, 체리 파이도 있어. 쿠키 세 종류랑 과일 케이크도 만들었고, 아주머니가 목사님 내외분을 위해 특별히 그 유명한 노란 자두잼도 덜어 놨어. 파운드케이크하고 레이어 케이크하고 비스킷은 좀 전에 말한 것처럼 준비할 거고. 새로운 빵도 구웠는데, 목사님이 그걸 드시고 소화가 안 될 경우를 대비해서 원래 먹던 빵도 따로 준비했어. 린드 아주머니가 그러시는데 목사님들은 대부분 소화불량이 있다. 하지만 앨런 목사님은 목사가 된 지 얼마 안 됐으니까 그 정도는 아닐 거야. 레이어 케이크를 만들 생각만 하면 머리가 아찔해져. 아, 다이애나, 제대로 못하면 어떡하지! 어젯밤엔 커다란 레이어 케이크를 머리에 인 무시무시한 도깨비한테 쫓기는 꿈을 꿨어."

"잘될 거야, 괜찮아. 2주일 전 점심 때 네가 만들어 와서 '한적한 숲'에서 먹었던 케이크도 정말 완벽했잖아."

다이애나가 늘 마음을 편하게 해 주는 친구답게 앤을 안심시켰다.

앤이 한숨을 쉬며 전나무 향이 유독 짙게 밴 나뭇가지 하나를 물에 띄웠다.

"그렇긴 한데, 케이크란 게 잘 만들고 싶을수록 더 엉망이 되더라. 아무튼 모든 걸 하늘의 뜻에 맡기고 밀가루나 잊지 않고 넣어야지, 뭐. 아, 저기 봐, 다이애나, 정말 아름다운 무지개야! 우리가 가고 나면 나무 요정 드라이어드가 나와서 저 무지개를 스카프로 쓰려고 가져가겠지?"

"드라이어드 같은 건 없잖아."

다이애나의 엄마도 '유령의 숲' 이야기를 듣고 몹시 화를 냈다. 결국 다이애나는 앤을 따라 펼쳤던 상상의 나래를 접었고, 해로울 것 없는 드라이어드 요정 같은 상상이라도 분별 있는 사람이라면 믿어선 안 된다고 생각했다.

"하지만 요정이 있다고 상상하는 건 너무 쉽잖아. 매일 밤 잠자리에 들기 전에 난 창밖을 내다보면서 정말로 드라이어드가 여기 앉아서 샘을 거울 삼아 머리를 빗고 있지 않을까 생각하거든. 가끔 아침이면 이슬을 들여다보며 요정의 발자국도 찾아. 아, 다이애나, 드라이어드가 있다는 믿음을 버리지 마!"

수요일 아침이 밝았다. 앤은 너무 흥분해서 해가 막 뜰 무렵 잠에서 깼다. 전날 저녁 샘에 손을 담가 첨벙거린 탓에 심한 코감기에 걸려 있었다. 그러나 폐렴에 걸렸대도 그날 아침 요리를 향한 앤의 열정은 식지 않았을 것이다. 아침 식사를 마친 뒤 앤은 케이크를 만들기 시작했다. 그러고는 마침내 오븐 뚜껑을 닫으며 긴 숨을 내쉬었다.

"이번에는 하나도 빼먹지 않았어요, 아주머니. 그런데 잘 부풀까요? 베이킹파우더가 안 좋은 거면 어쩌죠? 새 통에 있던 걸 썼거든요. 린드 아주머니가 요즘은 전부 불순물이 섞여 들어가서 베이킹파우더도 좋은 건지 아닌지 알 수가 없대요. 정부가 이 문제를 고민해야 하는데 토리* 정부에서는 절대 안 할 거래요. 아주머니, 케이크가 부풀

---

* 보수적 성향의 정당

어 오르지 않으면 어쩌죠?"

"그거 말고도 먹을 게 많잖니."

마릴라가 별일 아니라는 듯 냉정하게 말했다.

하지만 케이크는 부풀어 올랐고, 오븐에서 꺼냈을 때는 황금색 거품처럼 가볍고 부드러웠다. 앤은 기뻐서 빨갛게 달아오른 얼굴을 하고 케이크 위에 루비처럼 빨간 젤리 층을 쌓으며, 케이크를 맛본 앨런 사모님이 한 조각 더 달라고 부탁하는 모습을 머릿속에 그렸다.

"찻잔은 당연히 제일 좋은 걸 꺼내실 거죠, 아주머니? 고사리랑 들장미로 식탁을 장식해도 돼요?"

"쓸데없는 짓이야. 중요한 건 음식이지 겉치레 같은 장식은 중요치 않다고 난 생각한다."

마릴라가 콧방귀를 뀌었다.

"배리 아주머니도 식탁에 장식을 하신걸요. 목사님도 우아하게 칭찬하셨대요. 맛의 향연일 뿐 아니라 눈의 향연이기도 하다고요."

앤은 뱀의 지혜를 빌리는 게 약간은 마음에 찔렸다.

마릴라는 배리 부인뿐만이 아니라 어느 누구에게도 질 마음이 없었다.

"그럼, 좋을 대로 하렴. 접시 놓을 자리는 남겨 놔야 한다."

앤은 격식도 갖추고 유행도 따르면서 배리 부인보다 훨씬 더 근사하게 장식하려고 전력을 다했다. 장미와 고사리를 한아름 모아 온 앤은 뛰어난 예술 감각을 발휘하여 식탁을 아름답게 꾸몄고, 덕분에 목사님과 부인은 자리에 앉으며 입을 모아 그 아름다움을 칭찬했다.

"앤이 했답니다."

마릴라가 무뚝뚝하게 말했다. 하지만 앤은 앨런 부인 얼굴에 흡족한 미소가 떠오른 것을 보니 천국에라도 오른 듯 행복했다.

매슈도 그 자리에 있었다. 앤이 하늘밖에 모를 수를 써서 매슈를 참석시킨 것이다. 매슈가 너무 수줍어하고 겁먹은 통에 마릴라는 자포자기하는 심정으로 매슈를 포기했지만, 앤이 나서서 손을 쓴 덕에 매슈도 가장 좋은 옷에 하얀 깃을 달고 식탁에 앉아 제법 재미있어 하며 목사와 대화를 주고받았다. 앨런 부인에게는 한 마디도 건네지 않았지만 그것을 기대하는 건 애초에 무리였을 것이다.

교회에서 울리는 결혼식 종소리처럼 자리가 즐겁게 무르익고 있을 즈음 앤이 만든 레이어 케이크가 나왔다. 이미 어리둥절할 정도로 잘 차려진 갖가지 음식을 먹은 뒤라 앨런 부인은 케이크를 사양했다. 하지만 앤이 실망하는 얼굴을 보고는 마릴라가 미소를 지으며 말했다.

"한 조각만 맛보세요, 앨런 부인. 앤이 부인을 위해 만든 거랍니다."

"그럼 맛을 봐야겠네요."

앨런 부인이 웃으며 세모 모양으로 자른 두툼한 케이크 한 조각을 집어 들었고, 목사님과 마릴라도 케이크를 접시에 담았다. 케이크를 한 입 가득 베어 먹은 앨런 부인의 얼굴에 더없이 기묘한 표정이 스쳤다. 부인은 아무 말 없이 조금씩 계속 삼켰다. 마릴라가 앨런 부인의 표정을 보고 얼른 케이크를 맛보고는 소리쳤다.

"앤 셜리! 도대체 케이크에 뭘 넣은 게냐?"

"요리책에 나온 그대로 했어요, 아주머니. 왜 이상해요?"

앤이 몹시 괴로운 표정으로 울부짖었다.

"이상하냐고! 아주 고약한 맛이야. 앨런 목사님, 먹지 마세요. 앤, 네가 맛을 보거라. 향료는 뭘 썼니?"

"바닐라요. 바닐라밖에 안 넣었어요. 아, 아주머니, 베이킹파우더 때문인가 봐요. 의심이 가는 건 그거밖에……."

케이크를 맛본 앤의 얼굴이 수치심에 벌겋게 달아올랐다.

"베이킹파우더가 아냐! 가서 네가 넣었다는 바닐라병을 가져와봐라."

앤은 벽장으로 달려가 작은 병을 가지고 돌아왔다. 병에는 갈색 액체가 반쯤 채워져 있었고 노란 글씨로 '최고급 바닐라'라고 적혀 있었다.

마릴라가 병을 받고 마개를 열어 냄새를 맡았다.

"이런, 앤, 케이크에 진통제를 넣었구나. 지난주에 내가 약병을 깨뜨려서 빈 바닐라병에 남은 약을 부어 놨거든. 내 잘못도 있구나. 네게 주의를 줬어야 했는데. 그래도 그렇지, 냄새가 났을 텐데?"

앤은 거듭된 망신에 눈물을 터뜨렸다.

"맡을 수 없었어요. 감기에 걸렸거든요!"

앤은 이 말을 남기고 도망치듯 다락방으로 올라가서 누구의 위로도 소용없다는 듯 침대 위에 쓰러져 울었다.

이내 계단에서 가벼운 발걸음 소리가 들리더니 누군가 방으로 들어왔다. 앤은 고개도 들지 않고 흐느껴 울었다.

"아, 아주머니. 이건 영원한 불명예가 될 거예요. 결코

이 불명예를 씻지 못할 거라고요. 소문이 다 퍼지겠죠. 에이번리에서는 모든 게 다 소문나잖아요. 다이애나가 케이크가 어땠는지 물을 거고, 그럼 전 사실대로 털어놔야겠죠. 여자애들은 저만 보면 진통제로 케이크를 만들었다고 손가락질을 해댈 거예요. 길…… 학교의 남자애들도 웃음을 터뜨리겠죠. 아, 아주머니, 기독교인으로서 조금이라도 절 가엾게 여기는 마음이 있으시다면, 제게 내려가서 그릇을 닦으라고 하진 말아 주세요. 목사님과 사모님이 가시면 할게요. 아, 다시는 앨런 사모님 얼굴을 보지 못하겠어요. 사모님은 제가 사모님에게 독을 먹이려 했다고 생각하실지도 몰라요. 린드 아주머니가 후원자를 독살하려고 했던 고아 여자애를 아신대요. 하지만 그 약은 독이 없단 말이에요. 원래 먹는 약이잖아요. 케이크에 넣어서 먹는 건 아니지만요. 앨런 사모님께 그렇게 말씀해 주시겠어요, 아주머니?"

"씩씩하게 일어나서 네가 직접 말하지 그러니?"

유쾌한 목소리가 들렸다.

앤이 벌떡 일어나자 침대 옆에 서서 웃는 눈으로 자신을 살펴보는 앨런 부인이 보였다.

"귀여운 꼬마 아가씨, 이런 일로 울면 안 돼. 누구나 저지를 수 있는 재미있는 실수일 뿐이니까."

앨런 부인은 슬픔에 빠진 앤의 얼굴을 보고 진심으로 걱정하며 말했다.

"아, 아니에요. 그런 실수를 하는 사람은 저밖에 없어요. 전 케이크를 정말 맛있게 만들어 드리고 싶었어요, 앨런 사모님."

앤이 축 처진 목소리로 말했다.

"나도 안단다, 애야. 그리고 정말 맛있는 케이크를 먹었을 때랑 똑같이 너의 상냥하고 사려 깊은 마음에 고맙다는 말을 하고 싶어. 자, 그만 울고, 같이 내려가서 네 꽃밭을 보여 줄래? 커스버트 부인이 앤의 작은 꽃밭이 있다고 하시던데. 나도 꽃을 무척 좋아하거든."

앤은 앨런 부인을 따라 아래층으로 내려갔다. 앨런 부인이 마음이 잘 통하는 사람이라 다행이라고 생각했고, 마음도 편해졌다. 진통제 케이크 이야기는 더는 나오지 않았고, 손님들이 돌아간 뒤 앤은 그렇게 끔찍한 사건이 있었던 것에 비해 그날 저녁이 기대 이상으로 즐거웠다고 생각했다. 그런데도 앤은 한숨을 폭 내쉬었다.

"아주머니, 내일을 생각하면 기분 좋지 않나요? 내일은 아직 아무 실수도 저지르지 않은 새로운 날이잖아요."

"내 보증하마. 넌 내일도 실수를 수두룩이 저지를 거다. 너처럼 실수를 쫓아다니며 저지르는 아이는 처음 본다, 앤."

앤이 풀이 죽어 말했다.

"맞아요. 저도 잘 알아요. 그래도 아주머니, 제게도 장점이 하나 있는데, 알고 계세요? 전 같은 실수는 두 번 저지르지 않아요."

"끊임없이 새로운 실수를 저지르니 좋은 점이 있어도 그게 그거구나."

"아, 모르세요, 아주머니? 한 사람이 저지를 수 있는 실수에는 분명 한계가 있어요. 제가 그 한계에 다다르면 제 실수도 끝나는 거죠. 그렇게 생각하면 마음에 정말 위로가 돼요."

"글쎄, 저 케이크나 가져가서 돼지한테 주렴. 사람이 먹을 건 못 되더구나. 제리 부트라 해도 말이다."

22

앤이 목사관에 초대받다

"이번에는 또 무슨 일로 눈이 튀어나오려고 하니? 또 마음이 통하는 사람이라도 찾은 거니?"

마릴라가 우체국에 달려갔다가 이제 막 돌아온 앤에게 물었다. 앤은 온통 흥분에 휩싸여 있었다. 앤을 둘러싼 흥분은 눈에서도 반짝였고, 온몸에서는 불처럼 뿜어져 나왔다. 앤은 8월 저녁의 그윽한 햇살과 느긋한 그늘이 드리운 오솔길을, 바람을 타고 나는 요정처럼 춤추며 뛰어왔다.

"아뇨, 아주머니, 그게 아니라, 무슨 일인지 아세요? 저 내일 오후에 목사관으로 차 마시러 오라는 초대를 받았어요! 앨런 사모님이 우체국에 편지를 남기셨어요. 이것 좀 보세요, 아주머니. '초록 지붕 집의 앤 셜리 양에게.' 누가 저한테 '양'이라고 한 건 처음이에요. 가슴이 너무 두근거려요! 이 편지를 제 보물 상자 안에 영원히 간직할래요."

"앨런 부인이 주말학교 학생들 모두를 차례대로 초대할 거라고 했단다. 그러니 그렇게 들뜰 거 없다. 상황을 좀 차분하게 받아들이는 법을 배우거라."

마릴라는 이 놀라운 사건이 별일 아니라는 듯이 말했다.

상황을 차분하게 받아들이라는 것은 앤에게 천성을 바꾸라는 말과 같았다. 하지만 앤이 그렇듯이 '순수한 영혼에 불처럼 뜨겁고 이슬처럼 맑은' 사람에게는 언제나 삶의 즐거움과 괴로움이 강렬하게 찾아왔다. 마릴라도 이것을 알기에 막연하지만 걱정이 되었다. 세상을 살면서 반복될 기쁜 일과 슬픈 일들이 이 충동적인 아이에게 얼마나 힘겨울까, 똑같은 크기로 기쁨이 다가온다 해도 과연 고통이 지나간 자리를 치유해 줄 수 있을까 하는 생각 때문에 말이다. 그래서 마릴라는 앤을 차분하고 평온한 성품의 아이로 키우는 게 자신의 임무라고 생각했지만, 그것은 얕은 개울 위에서 일렁이는 햇빛을 마주하는 것만큼이나 낯설고 불가능한 일이었다. 서글프지만 마릴라 스스로도 인정했듯이 앤은 크게 나아지지 않았다. 앤은 간절한 희망이나 계획이 무산되면 '고통의 나락'으로 거꾸러졌고, 반대로 기대가 이루어지면 아찔한 '환희의 왕국'으로 날아올랐다. 마릴라는 어디로 튈지 모르는 이 아이를 얌전하고 반듯한 모범생으로 만들겠다던 생각을 거의 포기했다. 게다가 마릴라 자신조차 그렇게 바뀐 앤을 지금보다 더 좋아할 것 같지 않았다.

그날 밤 앤은 울적한 마음으로 말없이 잠자리에 누웠다. 매슈가 북동쪽에서 바람이 불어 내일은 하루 종일 비가 올 것 같다고 했기 때문이다. 집 근처 포플러나무 잎사귀가 바스락거리는 소리가 꼭 빗방울이 후드득 떨어지는 소리처럼 들려 앤은 걱정이 앞섰다. 멀리 만에서 철썩거리는 파도 소리도 평소라면 낭랑하고 이질적인 리듬에 마음이 사로잡혀 기분 좋게 귀를 기울였겠지만, 맑은 날을 간절히 바라는 어린 아가씨에게는 폭풍과 엄청난 불행을 예고하는 전조처럼 들렸다. 앤은 아침이 영영 오지 않을 것만 같았다.

하지만 모든 것에는 끝이 있게 마련이다. 목사관에 초

대받은 전날 밤도 마찬가지였다. 아침은 매슈의 예상과 달리 화창했고, 앤의 기분은 하늘 높이 치솟아 올랐다. 앤은 아침에 먹은 그릇들을 씻으며 말했다.

"와, 아주머니, 오늘은 누구를 만나든 전부 다 사랑할 수 있을 거 같아요. 제 기분이 얼마나 좋은지 모르실 거예요! 계속 이런 기분이라면 참 멋지지 않을까요? 매일매일 초대만 받는다면 모범생도 될 수 있을 거예요. 근데요, 아주머니, 오늘은 정말 중요한 자리기도 해요. 너무 걱정돼요. 실수하면 어쩌죠? 전 목사관에서 차를 마셔 본 적이 한 번도 없잖아요. 제가 지켜야 할 예절들을 다 알고 있는지 모르겠어요. 여기 온 뒤로 《패밀리 헤럴드》에 실린 예절 관련 기사를 읽으며 공부하긴 했지만요. 바보 같은 행동을 하거나 해야 할 일을 깜박 잊을까 봐 너무 걱정이에요. 너무 먹고 싶을 때는 한 번 더 달라고 해도 예의에 어긋나지 않겠죠?"

"앤, 넌 네가 어떻게 할지만 너무 많이 생각하는 게 탈이야. 너 말고 앨런 부인을 생각해라. 어떻게 해야 앨런 부인이 가장 좋아할지, 가장 즐거워할지 말이다."

마릴라가 평생을 살면서 가장 유익하고 명쾌한 조언을

했다. 앤도 금세 말뜻을 이해했다.

"그 말씀이 맞아요, 아주머니. 이제 저에 대한 생각은 그만하도록 노력할게요."

앤은 '예절'에서 큰 실수 없이 목사관을 다녀온 게 분명해 보였다. 노랗고 붉은 구름이 흐르는 드넓은 하늘 아래 땅거미가 진 길을 축복받은 얼굴로 돌아온 것을 보면 말이다. 그리고 앤은 부엌문 앞의 크고 평평한 사암 위에 걸터앉아 피곤한 곱슬머리를 무명옷을 입은 마릴라의 무릎에 기댄 채 그날 일들을 즐겁게 들려주었다.

서쪽 전나무 언덕 언저리에서 불어온 서늘한 바람이 수확기를 맞은 넓은 들판을 지나고, 휘잉 소리를 내며 포플러나무를 스쳤다. 과수원 위에 유난히 반짝이는 별 하나가 하늘에 걸려 있었고, '연인의 오솔길'에는 반딧불이가 고사리들과 바스락거리는 나뭇가지들 사이를 오갔다. 앤은 마릴라와 이야기하며 그 모습을 바라보았다. 바람과 별과 반딧불이가 한데 어우러진 그 모습은 말로 표현할 수 없이 예쁘고 황홀했다.

"아, 아주머니, 얼마나 재밌었는지 몰라요. 제 삶이 헛되지 않았다는 생각이 들어요. 다시는 목사관에 초대받지 못한대도 항상 그런 기분일 거예요. 목사관에 가니 앨런 사모님이 문 앞에서 저를 맞아 주셨어요. 사모님은 반소매에 주름이 많이 달린 예쁜 연분홍 오건디* 드레스를 입었는데 꼭 천사 같았어요. 저도 이다음에 커서 목사 부인이 되면 정말 좋을 거 같아요, 아주머니. 목사는 세속적인 것들에 별로 관심이 없으니까 제 머리가 빨간색이라도 상관하지 않을 거예요. 목사 부인은 천성이 착해야 할 텐데, 전 그러질 못해서 생각해 봤자 아무 소용없겠지만요. 태생적으로 착한 사람도 있고, 그렇지 않은 사람도 있잖아요. 전 그렇지 않은 쪽이에요. 린드 아주머니는 제가 원죄로 가득하대요. 그러니 제가 아무리 착해지려고 노력해도 원래부터 착한 사람들을 따라갈 순 없을 거예요. 기하학처럼 말이에요. 하지만 열심히 노력하면 노력한 보람도 있어야 하지 않나요? 앨런 사모님은 원래부터 착한 사람이에요. 전 사모님이 정말 너무 좋아요. 그런 사람들 있잖아요. 매슈 아저씨나 앨런 사모님처럼 보자마자 별 어려움 없이 사랑하게 되는 사람들요. 린드 아주머니처럼 좋

* 얇은 모슬린 천

아하려면 열심히 노력해야 하는 사람들도 있고요. 린드 아주머니는 아는 것도 많고 교회 활동도 열심히 하시니까 당연히 사랑해야 한다고 생각하지만, 그런 생각을 항상 마음에 새기고 있지 않으면 까먹게 되잖아요. 목사관에는 저 말고도 화이트샌즈 주일학교에서 온 여자아이도 한 명 있었어요. 이름이 로레타 브래들리인데, 아주 좋은 아이였어요. 마음이 통한다고 할 수는 없지만 정말 착했어요. 우린 우아하게 차를 마셨는데, 지켜야 할 예절들을 전부 잘 지킨 거 같아요. 차를 마신 다음 앨런 사모님이 악기를 연주하며 노래를 불렀는데 로레타와 제게도 노래를 시키셨어요. 앨런 사모님은 제 목소리가 좋다며 이번에 주일학교 성가대에 꼭 들어가라고 하셨어요. 생각만 하는데도 얼마나 설레었다고요. 저도 다이애나처럼 주일학교 성가대에서 정말 노래하고 싶었지만, 그건 제가 절대 넘볼 수 없는 영예라고 생각했어요. 로레타는 오늘 밤 화이트샌즈 호텔에서 열리는 대규모 발표회에서 언니가 낭독을 하기로 해서 일찍 돌아가야 했어요. 로레타가 그러는데, 그 호텔에 묵는 미국인들이 샬럿타운 병원을 도우려고 격주로 발표회를 연대요. 그래서 화이트샌즈 사람들한테 발표회 참여 요청을 많이 한대요. 자기도 언젠가 발표회에 나가게 될 거라고 생각한대요. 전 그 애를 그저 감탄스러운 눈으로 바라보기만 했어요. 로레타가 돌아간 뒤에 앨런 사모님하고 마음을 터놓고 대화를 나눴어요. 전 모든 이야기를 다했어요. 토머스 아주머니네 쌍둥이 애기랑 케이티 모리스하고 비올레타 이야기, 또 초록지붕 집에 오게 된 이야기, 기하학 때문에 고생하는 이야기까지 모두요. 그런데 믿어지세요, 아주머니? 앨런 사모님도 기하학이 엉망이었대요. 그 말이 얼마나 힘이 됐는지 몰라요. 제가 목사관에서 막 나오려고 하는데 린드 아주머니가 오셨어요. 오셔서 무슨 말씀을 하셨는지 아세요, 아주머니? 학교 이사회에서 새로운 선생님을 채용했는데, 여자 선생님이래요. 이름은 뮤리엘 스테이시고요. 정말 낭만적인 이름이죠? 린드 아주머니가 그러시는데 에이번리에 여자 선생님이 오신 적이 한 번도 없었대요. 그래서 위험하고 파격적인 일이라고 하셨어요. 하지만 여자 선생님이라니, 전 정말 멋진 거 같아요. 개학까지 남은 2주일을 어떻게 기다려야 할지 모르겠어요. 선생님이 보고 싶어못 견디겠거든요."

23

자존심을 지키려다 슬픔에 빠지다

하지만 뜻하지 않은 사건으로 앤은 2주일보다 더 많은 시간을 기다려야 했다. 진통제 케이크 사건이 있었던 게 거의 한 달 전이니까, 뭔가 새로운 사고를 칠 때도 되기는 했다. 그동안에도 돼지 먹이통에 부어야 할 탈지우유를 벽장에 가서 뜨개실 바구니에 붓는다든지, 몽상에 빠져 통나무 다리 가장자리를 걷다가 개울에 빠진다든지 하는 작은 실수는 있었지만, 그런 실수는 사고 축에도 들지 못했다.

목사관에서 차를 마신 날에서 일주일 뒤에 다이애나가

파티를 열었다.

"몇 명만 올 거예요. 우리 반 여자애들만요."

앤은 마릴라를 안심시켰다.

아이들은 다 함께 아주 즐거운 시간을 보냈고, 차를 마실 때까지는 별다른 일도 일어나지 않았다. 하지만 차를 마신 뒤 배리 씨네 정원으로 나간 아이들은 지금까지 하던 놀이에 싫증이 나자 못된 장난이 치고 싶어졌다. 그래서 시작한 게 '도전 놀이'였다.

도전 놀이는 그 무렵 에이번리 아이들 사이에서 한창 유행하고 있었다. 남자아이들이 처음 시작했지만 곧 여자아이들에게도 퍼졌고, 아이들이 무슨 일이든 '도전'하려 들어서 그해 여름 에이번리에서 일어난 온갖 터무니없는 일을 엮으면 책 한 권이 나올 정도였다.

제일 먼저 캐리 슬론이 루비 길리스에게 현관 앞 크고 오래된 버드나무를 어디어디까지 올라가 보라고 했다. 루비 길리스는 나무에 포동포동한 초록색 애벌레가 바글거리는 게 소름 끼치게 무섭고 새 모슬린 원피스가 찢겨 엄마에게 혼날까 겁이 났다. 하지만 후다닥 나무를 타서, 도전 과제를 낸 캐리 슬론이 실패했다. 다음으로 조시 파이가 제인 앤드루스에게 깨금발을 한 채 왼발로만 쉬지 않고 정원을 한 바퀴 돌아오라고 주문했다. 제인 앤드루스는 기세 좋게 출발했지만 세 번째 모퉁이에서 포기하는 바람에 패배를 인정할 수밖에 없었다.

조시가 부아가 날 정도로 승리를 뽐내자, 앤 셜리가 조시에게 정원 동쪽에 둘러쳐진 판자 울타리 위를 걸어 보라고 했다. 판자 울타리 위 '걷기'는 해 보지 않은 사람은 모르겠지만 꽤 많은 기술이 필요했고, 머리와 발꿈치도 일정한 자세를 유지해야 했다. 그러나 조시 파이는 인기를 얻는 재주는 부족해도 판자 울타리 위를 걷는 재주는 타고났고, 또 그 능력을 충분히 갈고닦기도 한 터였다. 조시는 이런 시시한 일은 '도전'할 가치도 없다는 듯이 태연한 얼굴로 배리 씨네 울타리 위를 걸었다. 아이들은 마지못해 조시의 성공에 박수를 보냈다. 대부분 판자 울타리 위 걷기에 실패한지라 조시의 실력을 인정할 수밖에 없었다. 조시가 승리의 기쁨에 얼굴이 빨갛게 상기되어 내려오면서 앤에게 도전적인 눈빛을 건넸다.

앤이 땋아 내린 빨강 머리를 획 젖혔다.

"저렇게 작고 낮은 울타리를 걷는 건 그렇게 놀랄 일

은 아니지. 메리스빌에 사는 어떤 여자애는 지붕 위도 걸었대."

"말도 안 돼. 지붕 위를 걸을 수 있는 사람은 없어. 너도 못할걸."

조시 파이가 단박에 말했다.

"내가 못한다고?"

앤이 발끈해서 소리쳤다.

"그럼 해 봐. 저 위로 올라가서 다이애나네 부엌 지붕 위를 걸어보라고."

조시가 시비조로 말했다.

얼굴이 하얗게 질렸지만 앤이 할 수 있는 선택은 하나뿐이었다. 앤은 부엌 지붕 밑에 걸쳐진 사다리 쪽으로 걸어갔다. 5학년 여자아이들이 놀라고 흥분한 얼굴로 저마다 "아!" 하고 탄성을 뱉었다.

"하지 마, 앤. 떨어져 죽을지도 몰라. 조시 파이가 한 말은 무시해. 이런 위험한 도전은 안 돼."

다이애나가 애원했다.

"난 해야 해, 다이애나. 자존심이 걸렸다고. 지붕 위를 걷든지 떨어져 죽든지 둘 중 하나야. 만약 내가 죽으면 내

진주 반지는 네가 가져."

앤이 엄숙하게 말했다.

모두 숨을 죽인 가운데 앤은 사다리를 올라가 지붕 처마를 붙잡은 다음, 위태로워 보이는 지붕 위에 서서 불안하게 균형을 잡았다. 지붕 위를 걷기 시작하자마자 자신이 불안하리만치 너무 높은 곳에 올라왔고, 지붕을 걸을 때는 상상력도 별 도움이 안 된다는 사실을 깨닫고는 아찔했다. 그래도 앤은 몇 걸음을 내디뎠고, 마침내 재앙이 일어나고 말았다. 몸이 휘청하더니 균형을 잃어 발을 헛디뎠고, 앤은 햇볕에 뜨겁게 달아오른 지붕 위를 미끄러지며 담쟁이덩굴 속으로 떨어졌다. 지붕 아래 동그랗게 모여 있던 여자아이들은 앤이 갑자기 사라지자 깜짝 놀라고 겁에 질려 비명을 질렀다.

앤이 올라갔던 쪽 지붕으로 떨어졌더라면 다이애나는 그 자리에서 진주 반지의 상속자가 되었을 것이다. 다행히 앤은 반대쪽으로 떨어졌다. 그쪽 지붕은 현관 위로 길게 처마가 내려와서 땅과 높이가 더 가까웠기 때문에 떨어져도 심하게 다치지 않을 수 있었다.

다이애나와 아이들은 정신없이 집을 돌아 앤에게 달려

갔다. 루비 길리스만이 충격에 빠져 그 자리에 못 박힌 듯 서 있었다. 앤은 엉망이 된 담쟁이덩굴 사이에 새하얗게 질린 얼굴로 누워 있었다.

다이애나가 친구 옆에 털썩 무릎을 꿇고 앉아 울부짖었다.

"앤, 죽은 거니? 아, 앤, 뭐라고 한 마디만 해 봐. 죽었는지 살았는지 말 좀 해 봐."

앤이 비틀거리며 일어나자 그제야 아이들이 안도했다. 특히 조시 파이는 가슴을 쓸어내렸다. 조시는 형편없는 상상력에도 혹여 앤 셜리를 비극적으로 요절하게 했다는 낙인 속에 살아가는 것은 아닌지 끔찍한 환영에 사로잡혀 있었다.

"안 죽었어, 다이애나. 그런데 감각이 없는 거 같아."

앤은 잘 모르겠다는 듯이 대답했다.

"어디가? 아, 어디가, 앤?"

캐리 슬론이 훌쩍거리며 울었다.

앤이 대답할 새도 없이 배리 부인이 눈앞에 나타났다. 앤은 배리 부인을 보고 발을 딛고 일어나려 했지만, 통증 때문에 새된 비명을 지르며 다시 주저앉았다.

"왜 그러니? 어디 다쳤니?"

배리 부인이 물었다.

"발목요. 아, 다이애나, 너희 아버지께 날 우리 집에 좀 데려다 달라고 해 줘. 한 걸음도 못 걷겠어. 한 발로는 집까지 그렇게 멀리 못 갈 거 같아. 제인은 정원도 한 발로 다 못 돌았잖아."

앤이 숨을 헐떡이며 말했다.

마릴라가 과수원에서 냄비 한가득 여름 사과를 따서 담고 있는데, 배리 씨가 통나무 다리를 건너 비탈길을 내려오는 게 보였다. 옆에는 배리 부인이, 뒤에는 여자아이들이 꼬리처럼 따라붙고 있었다. 배리 씨가 양팔로 앤을 안은 모습과 앤이 배리 씨의 어깨에 힘없이 머리를 기댄 모습도 보였다.

그 순간 마릴라는 불현듯 깨달았다. 심장을 쥐어짜는 듯한 두려움 속에서 앤이 자신에게 어떤 의미인지 뼈저리게 느꼈다. 앤을 좋아한다는 것은, 아니, 앤을 정말 아끼고 사랑하는 것은 이미 알고 있었다. 하지만 비탈길을 정신없이 뛰어 내려가면서 마릴라는 앤이 세상의 그 무엇보다 소중한 존재라는 사실을 알게 되었다.

"배리 씨, 앤이 어떻게 된 건가요?"

긴 세월 동안 언제나 자제력 강하고 분별 있게 행동했던 마릴라가 새하얗게 질린 얼굴로 몸을 떨면서 목멘 소리로 물었다.

"너무 놀라지 마세요, 아주머니. 지붕 위를 걷다가 떨어졌어요. 발목을 삔 것 같아요. 그래도 목은 안 부러졌잖아요. 우리 좋은 쪽으로 생각해요."

앤이 고개를 들며 직접 대답했다.

"내 너를 그 파티에 보낼 때부터 무슨 일을 낼 줄 알았다."

그제야 마음이 놓인 마릴라가 통박을 주었다.

"배리 씨, 이쪽으로 와서 아이를 소파에 눕혀 주세요. 에구머니나, 얘가 기절을 했네!"

정말 그랬다. 다친 곳의 심한 통증 때문에 앤은 그렇게 소원 하나를 이뤘다. 실신을 한 것이다.

밭에서 수확을 하다 급히 불려온 매슈가 곧바로 의사를 부르러 갔고, 잠시 후 의사가 도착했다. 부상은 생각보다 심각했다. 발목이 부러진 것이다.

그날 밤, 마릴라가 동쪽 다락방에 올라가자 얼굴이 새

하얘진 앤이 침대에 누워 구슬픈 목소리로 맞이했다.

"저 너무 불쌍하죠, 아주머니?"

"다 네 잘못이야."

마릴라가 블라인드를 당겨 내리고 등에 불을 켜며 말했다.

"그러니까 절 불쌍하게 생각해 주셔야 해요, 아주머니. 다 제 잘못이라서 더 힘들어요. 다른 사람 탓이라도 할 수 있으면 기분이 훨씬 나아질 텐데 말이에요. 하지만 누군가 아주머니한테 지붕 위를 걸어 보라고 도전한다면 어떻게 하시겠어요?"

"나 같으면 안전한 땅에 딱 버티고 서서 그러든지 말든지 했을 게다. 어리석긴!"

앤이 한숨을 쉬었다.

"아주머니는 마음이 그만큼 강하시잖아요. 하지만 전 아니에요. 조시 파이가 무시하는 걸 참을 수가 없어요. 평생 제 앞에서 우쭐거릴 거라고요. 그리고 저도 이번만큼 은 벌을 받았으니까 아주머니, 너무 화내지 말아 주세요. 아무튼 기절이란 건 전혀 좋은 게 아니네요. 의사 선생님이 발목을 고정시킬 때도 정말 너무 아팠어요. 6주에서

7주나 밖에 나갈 수 없다니, 전 새로 오신 여자 선생님도 못 만나겠네요. 제가 학교에 갈 즈음에는 더 이상 새 선생님이 아니잖아요. 그리고 길…… 아이들이 전부 저보다 수업을 앞서갈 거예요. 아, 괴로운 인생이에요. 하지만 아주머니가 화만 내지 않으시면 씩씩하게 참아 보도록 노력할게요."

"그래그래, 화내는 게 아니야. 네가 운이 없는 건 분명한 것 같구나. 하지만 네 말대로 살다 보면 힘든 일도 있기 마련이지. 그만 됐다. 저녁을 좀 먹거라."

"제게 상상력이 있어서 다행이죠? 덕분에 전 즐겁게 견딜 수 있을 거예요. 상상력이 전혀 없는 사람들은 뼈가 부러지면 어떻게 할까요, 아주머니?"

앤은 지루한 7주 동안 자신의 상상력에 몇 번이고 고마워했다. 하지만 상상력에만 기대어 지낸 것은 아니었다. 많은 사람들이 병문안을 왔고, 여학생들은 하루도 빠짐없이 초록 지붕 집에 와서 꽃을 건네거나 책을 빌려주고 에이번리의 아이들 세상에서 벌어진 온갖 사건을 들려주었다.

다리를 다친 뒤 처음으로 절뚝거리며 거실에 내려온

날, 앤이 행복한 한숨을 내쉬며 말했다.

"모두 참 친절하고 좋은 사람들이에요, 아주머니. 다쳐서 누워 있는 게 그리 즐거운 일은 아니지만, 좋은 점도 있어요. 저한테 얼마나 친구가 많은지 알게 되거든요. 벨 장로님도 절 보러 오셨어요. 정말 훌륭한 분이세요. 마음이 통하는 친구는 아니지만 그래도 전 장로님이 좋아요. 장로님이 한 기도들을 좋지 않게 말했던 것도 무척 죄송하고요. 이젠 기도도 진심으로 하신다는 걸 알아요. 진심이 아닌 것처럼 기도하는 습관이 있을 뿐이었어요. 조금만 노력하면 습관을 바꾸실 수 있을 거예요. 제가 귀띔해 드렸거든요. 제가 혼자 기도할 때 재미있게 하려고 얼마나 노력하는지 말이에요. 장로님도 어렸을 때 발목이 부러진 적이 있대요. 근데 장로님한테도 어린 시절이 있었다는 게 잘 상상이 안 돼요. 제 상상력에도 한계가 있나 봐요. 장로님이 어렸을 때를 상상하려고 해도 잿빛 수염에 안경 쓴 모습만 떠올라요. 주일학교에서 보는 모습 그대로에 키만 작게요. 그런데 앨런 사모님이 어렸을 때는 금방 상상할 수 있어요. 앨런 사모님은 열네 번이나 저를 보러 오셨어요. 자랑할 만하죠, 아주머니? 목사님 부인인데 할 일이 굉장히 많으실 거 아니에요! 사모님이 오시면 기분이 참 좋아요. 사모님은 모두 네 잘못이니 이 일을 계기로 더 나은 아이가 되길 바란다는 식으로는 절대 말씀하지 않으세요. 린드 아주머니는 저를 보러 오실 때마다 같은 말씀을 하시는데, 제가 착한 아이가 되길 바라시는지는 몰라도 그렇게 될 거라고는 진심으로 믿지 않는다는 투로 말씀하세요. 조시 파이까지 병문안을 왔지 뭐예요. 저는 할 수 있는 한 예의를 다해서 그 애를 맞았어요. 제게 지붕에 올라가라고 한 걸 미안해 할 것 같았거든요. 만약 제가 죽었다면 평생토록 어두운 그림자처럼 자책감을 지고 살아야 했을 거예요. 다이애나는 정말 참된 친구예요. 제가 외롭지 않게 날마다 와서 즐겁게 해 줬어요. 아, 학교에 갈 수 있게 되면 정말 좋겠어요. 새로 오신 선생님에 대해 신나는 얘기를 많이 들었거든요. 여자애들은 전부 선생님이 굉장히 상냥한 분이래요. 다이애나 말로는 아름다운 곱슬곱슬한 금발에 마음을 사로잡는 눈을 가지셨대요. 옷도 아름답게 입고, 선생님의 볼록 소매는 에이번리에서 제일 클 거래요. 2주일에 한 번씩 금요일 오후에 낭독 시간이 있는데, 모두 작품 한 편씩 읽거나 간단한 연극 대화에 참여해야 한대요. 아, 정말 멋져요. 조시 파이는 그 시간이 싫다고 하지만, 그건 조시가 상상력이 별로 없어서 그래요. 다이애나하고 루비 길리스랑 제인 앤드루스는 다음 주 금요일에 발표할 〈아침의 왕진〉이라는 연극을 연습하고 있어요. 낭송을 하지 않는 금요일 오후엔 스테이시 선생님이 아이들을 데리고 숲으로 '야외 수업'을 나가서 고사리랑 꽃이랑 새들을 공부한대요. 또 매일 아침이랑 저녁에는 신체 단련을 위해 체조도 하고요. 린드 아주머니는 그런 수업은 들어 본 적도 없다면서 이게 다 여자 선생님이 와서 그런 거라고 말씀하세요. 하지만 제 생각엔 정말 멋질 거 같아요. 전 스테이시 선생님과 마음이 잘 통할 거라고 믿어요."

"한 가지는 확실하구나, 앤. 배리 씨네 지붕에서 떨어졌
어도 입은 멀쩡하다는 거 말이다."

24

스테이시 선생님과 학생들이
발표회를 계획하다

다시 10월이 왔고, 앤도 학교에 갈 수 있을 만큼 회복되었다. 모든 게 붉은빛과 황금빛으로 물든 눈부신 10월이었다. 감미로운 아침이면 가을의 정령이 부어 놓은 듯이 골짜기마다 부드러운 안개가 자욱해서, 햇살을 따라 자줏빛과 진줏빛, 은빛, 장밋빛 그리고 뿌연 푸른빛으로 일렁였다. 이슬이 촉촉하게 내린 들판은 은실로 짠 옷을 입은 듯 반짝였고, 가지가 무성했던 수풀에서 떨어져 쌓인 나뭇잎들은 걸음마다 바스락거렸다. '자작나무 길'은 노랗게 장막을 드리운 것 같았고, 길을 따라 난 고사리는 갈색으로 시들었다. 대기를 감싼 알알한 냄새는 꼬마 아가씨들의 마음을 부추겨, 달팽이처럼 굼뜬 걸음이 아니라 날래고 경쾌하게 학교로 향하게 만들었다. 작은 갈색 책상에 다시금 다이애나와 나란히 앉게 된 것도 행복한 일이었다. 루비 길리스는 통로 건너편에서 고개를 끄덕여 인사했고, 캐리 슬론은 쪽지를 보냈으며, 줄리아 벨은 뒷자리에서 '껌'을 전달하여 건넸다. 앤은 행복에 겨워 길게 숨을 고르며 연필을 깎고 그림 카드를 책상 안에 가지런히 넣어 두었다. 삶은 확실히 즐거운 일이었다.

새로운 선생님은 앤에게 진실하고 도움이 되는 또 한 명의 친구가 되어 주었다. 스테이시 선생님은 밝고 이해심이 많은 젊은 여성으로, 제자들의 마음을 사로잡고 정신적으로나 도덕적으로 아이들의 잠재력을 최대한 끌어낼 줄 아는 사람이었다. 앤은 선생님에게 유익한 영향을 받으며 꽃처럼 피어났고, 집으로 돌아와서는 감탄을 잘하는 매슈와 비판을 잘하는 마릴라에게 학교 공부와 앞으로의 목표에 대해 열심히 설명했다.

"전 스테이시 선생님이 진심으로 좋아요, 아주머니. 선생님은 정말 여성스럽고 목소리도 아주 예뻐요. 그리고

제 이름을 부르실 때 끝에 꼭 'e'를 붙여서 발음하시는 걸
요. 오늘 낮에 낭송을 했어요. 아주머니도 그 자리에서 제
가 〈스코틀랜드의 여왕, 메리〉를 암송하는 걸 들으셨어
야 했는데. 정말 제 영혼을 다 바쳐서 했거든요. 집에 오
는 길에 루비 길리스가 그러더라고요. 제가 '여자가 말했
네. 이제 내 아버지를 위해 여인의 마음을 버리겠노라'라
는 대목을 말할 때 소름이 끼쳤대요."

"그럼 언제 한번 헛간에서 내게도 들려주려무나."

"그럼요, 매슈 아저씨. 하지만 그렇게 잘하진 못할 거예
요. 전교생이 숨죽인 채 제 앞에 앉아서 제 말 한 마디에
온 신경을 집중할 때만큼 흥분되지 않을 테니까요. 그래
서 아저씨를 소름 끼치게 해 드리진 못할 거예요."

앤이 골똘히 생각하며 말했다. 그러자 마릴라가 말했다.

"린드 부인이 지난 금요일에 소름이 쫙 끼쳤다더구나.
벨 씨네 언덕에서 남자아이들이 까마귀 둥지를 찾는다면
서 커다란 나무 꼭대기까지 올라가는 걸 봤다면서 말이
야. 그것도 스테이시 선생님이 시킨 건지 모르겠구나."

"자연 학습 때문에 까마귀 둥지가 필요했어요. 그날 낮
에 야외 수업이 있었거든요. 야외 수업은 정말 재미있어

요, 아주머니. 스테이시 선생님은 모든 걸 굉장히 아름답게 설명하세요. 야외 수업을 하는 날은 작문도 해야 하는데, 제가 제일 잘 써요."

"앤, 그렇게 말하는 건 자만이야. 그런 말은 선생님이 하시는 거지."

"선생님도 그러셨어요, 아주머니. 정말요. 자만하는 게 아니에요. 기하학이 그렇게 엉망인데 제가 어떻게 자만할 수 있겠어요? 이제 조금씩 이해가 가기는 하지만요. 스테이시 선생님은 기하학을 정말 쉽게 가르쳐 주세요. 그래도 절대 잘하지는 못할 거 같지만요. 이건 겸손한 생각이잖아요. 하지만 작문은 정말 재밌어요. 대개는 스테이시 선생님이 우리한테 자유로이 주제를 고르게 하시지만, 다음 주엔 위인에 대해 써야 해요. 그렇게 많은 위인 중에서 한 명을 고르는 건 너무 힘들어요. 훌륭한 사람이 돼서 죽은 다음에 누군가 내 얘기를 글로 쓴다면 정말 멋지지 않나요? 아, 저도 훌륭한 사람이 되고 싶어요. 이다음에 어른이 되면 간호사가 될래요. 적십자에 들어가서 사랑의 천사로 전쟁터에 갈래요. 그러니까 선교사가 돼서 외국에 가지 않으면요. 해외 선교사가 되는 건 정말 낭만적이지만, 그러려면 아주 착해야 해서 그게 걸려요. 아주머니, 우린 날마다 체조도 해요. 체조를 하면 몸도 예뻐지고 소화도 잘된대요."

"소화는 무슨!"

마릴라는 정말로 죄다 쓸데없는 짓이라고 생각했다.

그러나 야외 수업과 금요일 암송 시간, 체조 활동은 스테이시 선생님이 11월에 한 가지 계획을 제안하면서 전부 뒷전으로 밀려났다. 그 계획은 에이번리 학교의 학생들이 성탄절 밤에 회관에서 발표회를 열자는 것이었는데, 그날 모인 기금으로 학교에 국기를 세우자는 훌륭한 목표도 함께였다. 아이들은 만장일치로 찬성했고, 즉시 프로그램을 준비했다. 그리고 출연자로 선발된 아이들 중에서도 가장 흥분한 사람은 앤 셜리였다. 앤은 열과 성을 다하여 발표회 준비에 나섰지만, 언제나처럼 마릴라의 반대에 부딪혔다. 마릴라는 온통 어리석은 짓이라고 투덜댔다.

"머릿속에 허튼 생각만 잔뜩 채워 넣고 공부할 시간만 잡아먹는 짓이야. 아이들이 발표회를 열고 그걸 준비한다고 몰려다니는 건 찬성할 수가 없다. 괜히 허영심만 들고 버릇 나빠지고 쏘다니는 거나 좋아하게 되겠지."

"하지만 훌륭한 목표가 있잖아요. 국기가 있으면 애국심을 기를 수 있어요, 아주머니."

앤이 애원했다.

"허튼소리! 너희 중에 조금이라도 애국심을 생각하는 아이가 누가 있겠니. 그저 재미있게 놀자는 거 아니냐."

"그래도 애국심이랑 재미가 합쳐지면 좋잖아요? 물론 발표회를 연다니까 정말 좋아요. 합창곡을 여섯 곡이나 부를 거고 다이애나는 독창을 한 곡 해요. 저는 연극 두 편에 출연하고요. 〈소문을 금지하는 사회〉하고 〈요정 여왕〉이에요. 남자아이들도 연극을 할 거래요. 전 낭송도 두 편 할 거예요, 아주머니. 그 생각을 하면 떨리는데, 기분 좋게 설레는 떨림이에요. 그리고 마지막으로 〈믿음, 소망, 사랑〉이라는 제목의 타블로*를 해요. 저하고 다이애나랑 루비 길리스가 같이 하얀 옷을 입고 머리를 풀고 나와요. 전 '소망'을 맡아서 두 손을 이렇게 마주 잡고 높은 곳을 바라봐요. 시 낭송은 다락방에서 연습할 거예요. 신음하

---

* 특정한 배경 앞에서 분장한 사람이 그림 속 인물처럼 정지된 자세를 취하여 역사나 문학의 한 장면 또는 명화 등을 재현하는 것을 말한다.

는 소리가 들려도 놀라지 마세요. 가슴이 미어질 듯한 신음을 내야 하는 부분이 있는데, 신음 소리를 예술적으로 내기가 너무 어려워요, 아주머니. 조시 파이는 연극에서 하고 싶던 역을 못 맡아서 삐쳤어요. 요정 여왕 역을 하고 싶어 했거든요. 그 역을 맡았으면 좀 웃겼을 거예요. 조시처럼 뚱뚱한 요정 여왕이 있다는 말을 들어보셨어요? 요정 여왕은 날씬해야 하잖아요. 제인 앤드루스가 여왕 역을 맡을 거고, 전 여왕의 시녀 중 하나가 될 거예요. 조시는 요정의 머리가 빨간 것도 뚱뚱한 것 못지않게 웃기다고 하지만, 조시의 말에는 신경 쓰지 않으려고요. 저는 머리에 하얀 장미 화관을 쓸 거예요. 덧신은 제 것이 없으니까 루비 길리스가 빌려준대요. 요정은 덧신을 신어야죠. 장화를 신은 요정이 상상이 되세요? 그것도 발부리에 구리가 달린 장화라뇨. 화관은 가문비나무와 전나무 가지를 엮어서 그 사이에 얇은 분홍색 종이 장미를 달아 장식할래요. 그리고 우린 관객이 모두 앉은 다음 두 명씩 짝을 지어 입장하기로 했어요. 입장하는 동안 엠마 화이트가 오르간으로 행진곡을 연주하고요. 아, 아주머니, 아주머니가 저만큼 발표회를 고대하지 않으신다는 건 알아요.

하지만 아주머니의 어린 앤이 발표회에서 돋보이길 바라지 않으세요?"

"내가 바라는 건 네가 얌전히 구는 것뿐이야. 이 난리법석이 다 끝나고 네가 마음을 잡으면 정말로 기쁘겠구나. 지금은 연극이니 신음이니 타블로니 하는 아무짝에도 쓸모없는 것들만 머릿속에 꽉 들어차 있잖니. 그나저나 네혀는 대리석처럼 닳지도 않는구나."

앤은 한숨을 쉬며 뒤뜰로 갔다. 밝은 녹황색 서쪽 하늘에 걸린 어린 초승달이 잎 떨어진 포플러 나뭇가지 사이에서 빛났다. 그곳에서 매슈가 장작을 패고 있었다. 앤은 나무더미 위에 걸터앉았다. 적어도 아저씨라면 자기를 이해하고 귀담아들을 거라고 확신하며 매슈에게 발표회에 대해 이야기했다.

"그래, 아주 재미있는 발표회가 될 것 같구나. 너도 네 역할을 멋지게 해낼 거라 믿는다."

매슈는 간절한 표정에 생기 넘치는 조그마한 얼굴을 내려다보며 미소를 지었다. 앤도 마주 보고 웃었다. 둘은 가장 좋은 친구였다. 매슈는 앤의 교육을 맡지 않은 행운에 수없이 감사했다. 교육은 오로지 마릴라의 몫이었다.

만약 매슈가 앤의 교육을 맡았다면 앤의 바람을 들어주고 싶은 마음과 의무감 사이에서 매번 갈등하며 고민에 빠졌을 것이다. 앤을 교육할 의무가 없으므로, 마릴라의 표현대로 하면 매슈는 마음껏 앤의 '버릇을 망쳐 놨다.' 그러나 따지고 보면 그게 그리 나쁜 것만은 아니었다. 작은 '칭찬'이 때로는 세상에서 가장 충실한 '교육'만큼이나 좋은 효과를 내는 법이니까.

매슈가 퍼프 소매를 고집하다

매슈는 10분째 난감해 하고 있었다. 어스름하니 땅거미가 내려앉은 추운 12월 저녁, 부엌으로 들어온 매슈는 무거운 장화를 벗으려고 장작통 한쪽에 걸터앉았다. 그때까지만 해도 앤과 학교 친구들이 거실에서 〈요정 여왕〉을 연습 중인 것을 알지 못했다. 그런데 곧이어 아이들이 복도를 지나 신나게 웃고 떠들면서 부엌으로 몰려 들어왔다. 아이들은 매슈를 보지 못했다. 부끄러움을 타는 매슈가 한 손에는 장화를, 다른 한 손에는 장화 주걱을 든 채 장작통 뒤쪽 그늘진 곳에 몸을 웅크리고 숨었기 때문이었다.

그는 그 자리에서 아이들이 모자를 쓰고 겉옷을 입으며 연극과 발표회에 대해 재잘거리는 모습을 10분 동안 몰래 지켜봤다. 앤은 친구들처럼 눈을 반짝이며 생기로 가득 차서 아이들 사이에 서 있었다. 그런데 문득 매슈는 앤이 친구들과 뭔가 다르다는 느낌을 받았다. 달라서는 안 될 게 다르다는 생각 때문에 걱정이 됐다. 앤은 친구들보다 얼굴도 더 밝았고 눈도 더 크고 반짝였으며 이목구비도 고왔다. 수줍음 많고 관찰력 없는 매슈조차 알아챌 수 있었다. 하지만 매슈의 마음을 어지럽게 한 다른 점은 이런 게 아니었다. 도대체 뭐가 다른 거지?

아이들이 팔짱을 끼고 꽁꽁 언 긴 오솔길을 따라 돌아가고, 앤이 책을 펼쳐든 뒤 한참이 지나서도 이 물음이 매슈의 머리에서 떠나지 않았다. 마릴라에게 물을 수도 없었다. 마릴라라면 우습다는 듯 콧방귀를 뀌며, 다른 점이 있다면 다른 애들은 그래도 가끔 한 번씩 입을 다무는데 앤은 절대 안 그런다는 것뿐이라고 말할 게 뻔했다.

저녁 내내 매슈가 파이프를 입에 물고 그 문제만 생각하자, 마릴라는 넌더리를 냈다. 두 시간 동안 담배에 의지

하여 골똘히 생각한 끝에 드디어 정답을 찾아냈다. 앤이
다른 여자아이들과 다른 옷을 입고 있었다!

아무리 생각해 봐도 앤은 다른 여자애들처럼 옷을 입
은 적이 없었다. 초록 지붕 집에 온 이후로 한 번도 없었
다. 마릴라는 한결같이 수수하고 칙칙한 옷을, 늘 똑같은
모양으로 만들어서 입혔다. 옷에도 유행 같은 게 있다는
것을 알았다 해도 매슈가 할 수 있는 일은 별로 없었을
것이다. 하지만 앤의 옷소매가 다른 여자애들의 옷소매와
전혀 달라 보이는 것은 확실했다. 매슈는 그날 저녁 앤을
둘러싸고 있던 여자애들을 떠올렸다. 다들 허리 부분에
화사한 빨간색, 파란색, 분홍색, 하얀색 장식이 들어간 옷
을 입었다. 매슈는 마릴라가 앤에게 왜 그렇게 밋밋하고
수수한 옷만 입히는지 의아했다.

물론 그게 잘못된 것은 아니었다. 그런 문제라면 마릴
라가 누구보다 잘 알 테고 앤의 교육을 맡은 사람도 마릴
라였다. 그러니까 아마도 다 생각이 있어서, 이해할 수는
없지만 어떤 이유가 있어서 그랬을 것이다. 하지만 다이
애나 배리가 늘 입고 다니는 예쁜 원피스가 한 벌쯤 있다
고 해서 아이가 어떻게 되는 것도 아니었다. 매슈는 앤에

게 예쁜 옷을 선물하기로 마음먹었다. 쓸데없이 참견한다고 퇴짜를 맞을 일도 없었으면 했다. 앞으로 2주일만 있으면 크리스마스였다. 예쁜 새 원피스를 선물하기에 딱이었다. 매슈는 만족스럽게 한숨을 쉬며 담뱃대를 치우고 자러 갔고, 마릴라는 문이란 문은 다 열고 환기를 시켰다.

바로 다음 날 저녁, 매슈는 어려운 일은 얼른 해치우자는 생각에 옷을 사러 카모디로 나갔다. 옷을 사는 일이 만만치는 않을 터였다. 다른 물건을 살 때라면 흥정은 못해도 잘 살 수 있었다. 그러나 여자아이의 옷을 사는 일이라니, 매슈는 가게 주인이 골라 주지 않을까 생각했다.

한참 고민한 끝에 매슈는 윌리엄 블레어 씨네 말고 새뮤얼 로슨 씨네 가게에 가기로 결심했다. 사실 매슈와 마릴라는 윌리엄 블레어 씨네 가게만 다녔다. 그것은 장로 교회에 다니고 보수당에 투표하는 것만큼이나 당연한 일이었다. 그러나 블레어 씨네 두 딸이 가게에 나와 손님을 맞는 일이 잦았기 때문에 그쪽으로 가기가 겁났다. 평소 살 물건이 정해져 있어서 그것만 콕 집어 가리킬 때는 간신히 물건을 사서 왔지만, 설명도 하고 상의도 해야 할 때는 계산대 앞에 반드시 남자가 앉아 있는 곳에 가야 했다.

그래서 새뮤얼이나 그 아들이 가게를 지키고 있을 로슨 씨네 가게로 가기로 마음먹은 것이다.

그런데 맙소사! 매슈는 새뮤얼이 최근 가게를 넓히면서 여자 점원을 고용한 줄 미처 몰랐다. 점원은 로슨 부인의 조카로, 실로 화려한 젊은 아가씨였다. 전체를 빗어 올린 머리는 둥그렇게 부풀어 밑으로 늘어져 있었고, 갈색 눈은 크고 동그랬다. 활짝 웃는 미소는 보는 사람이 당황스러울 정도였다. 세련미가 철철 넘치는 드레스를 입고 팔에는 팔찌를 몇 개씩이나 차고 있어서 손을 움직일 때마다 번쩍거리며 빛과 함께 쨍그랑 소리가 났다. 매슈는 가게에 들어갔다가 여자 점원이 있자 어쩔 줄을 몰랐고, 요란한 팔찌들을 보니 완전히 정신이 나갈 지경이었다.

"뭐가 필요하신가요, 커스버트 씨?"

루실라 해리스 양이 양손으로 계산대를 톡톡 두드리며 애교 있는 목소리로 싹싹하게 물었다.

"저…… 저기…… 정원…… 정원용 갈퀴 있나요?"

매슈가 더듬더듬 말했다.

해리스 양은 약간 놀란 듯 쳐다봤다. 12월 중순에 정원용 갈퀴를 달란 소리를 들었으니 놀란 것도 무리는 아니었다.

"팔고 남은 게 한두 개 있을 거예요. 그런데 2층 창고에 있어요. 가서 찾아볼게요."

해리스 양이 자리를 뜬 사이 매슈는 흐트러진 정신을 되돌리려 애썼다.

해리스 양이 갈퀴를 들고 돌아오면서 활기차게 물었다.

"더 필요한 건 없으세요, 커스버트 씨?"

"글쎄요. 그리고 보니, 저……, 그러니까…… 어디 보자…… 그…… 그…… 건초씨요."

매슈는 두 손을 꽉 쥐고 용기를 내어 대답했다.

해리스 양은 매슈 커스버트가 조금 이상하다는 말은 들어 알고 있었다. 하지만 직접 만나 보니 완전히 정신이 나간 사람 같았다.

해리스 양은 도도한 태도로 설명했다.

"건초씨는 봄에 들어와요. 지금은 남아 있는 게 없네요."

"아, 물론…… 맞아요……. 그렇지요."

불쌍한 매슈는 말을 더듬거리며 갈퀴를 꽉 움켜쥐고 문으로 향했다. 문간에 이르러서야 돈을 내지 않았다는 사실을 깨닫고는 괴로운 심정으로 걸음을 돌렸다. 해리스

양이 거스름돈을 세는 동안 매슈는 마지막 필사의 힘을 쥐어짰다.

"저…… 번거롭게 해서 미안하지만……, 그러니까…… 저 그…… 설탕도 조금…….'

"흰 설탕을 드릴까요, 갈색 설탕을 드릴까요?"

해리스 양이 침착하게 물었다.

"아…… 그…… 갈색요."

매슈가 기어들어가는 소리로 말했다.

"저쪽에 한 통 있어요. 설탕은 저거 한 종류예요."

해리스 양이 팔찌를 흔들어 대며 말했다.

"그…… 그거 9킬로그램만 줘요."

매슈의 이마에는 땀방울이 송골송골 맺혔다.

집까지 반쯤 마차를 몰고 와서야 매슈는 제정신이 돌아왔다. 오싹한 경험이었지만 모르는 가게에 가는 이단 행위를 저지른 당연한 대가라는 생각이 들었다. 집으로 돌아온 매슈는 갈퀴를 연장 창고에 숨기고 설탕은 마릴라에게 들고 갔다.

마릴라가 소리쳤다.

"갈색 설탕이잖아요! 무슨 생각으로 이렇게 많이 산 거예요? 갈색 설탕은 일꾼들 오트밀을 끓일 때나 검은 과일 케이크를 만들 때 말고는 전혀 쓸 일이 없어요. 제리는 그만뒀고 케이크는 진즉에 만들어 놨다고요. 이런, 좋은 설탕도 아니네요. 알갱이가 거칠고 색도 짙잖아요. 윌리엄 블레어 씨가 이런 설탕은 잘 취급을 안 하는데."

"언제…… 언젠가는 쓰겠지 싶어서 그랬지."

매슈는 이렇게 상황을 빠져나갔다.

매슈는 앤의 옷 문제를 곰곰이 생각하다 도움을 줄 여자가 있어야겠다는 결론을 내렸다. 마릴라는 아니었다. 마릴라는 단번에 매슈의 계획에 찬물을 끼얹을 게 확실했다. 린드 부인밖에 없었다. 에이번리에 매슈가 감히 조언을 구할 다른 여자는 없었다. 매슈는 린드 부인을 찾아갔다. 그리고 그 마음 좋은 부인은 잔뜩 지친 남자의 손에서 흔쾌히 짐을 덜어주었다.

"앤에게 선물할 옷을 대신 골라 달라는 거죠? 그러고말고요. 내일 카모디에 가서 알아볼게요. 따로 생각해 둔 건 있나요? 없다고요? 뭐, 그럼 제가 알아서 하지요. 앤한테는 짙은 갈색이 잘 어울릴 거예요. 그리고 윌리엄 블레어네 글로리아 옷감이 정말 예뻐요. 아마 내가 만드는 게 서로 좋을 거예요. 마릴라가 만들면 앤이 미리 눈치를 챌 거고 그러면 깜짝 선물도 물 건너가겠죠? 자, 내가 할게요. 아니요, 귀찮을 거 하나 없어요. 난 바느질을 좋아하니까요. 내 조카인 제니 길리스한테 맞게 만들면 되겠군요. 그 애가 앤하고 쌍둥이처럼 체형이 닮았거든요."

"저, 정말 고마워요. 그리고…… 저…… 잘은 모르지만…… 그…… 요즘 소매가 옛날이랑 다르던데요. 무리한 부탁이 아니라면 요즘…… 요즘 식이면 좋겠어요."

"퍼프 소매요? 물론이죠. 그건 전혀 걱정할 필요 없어요, 매슈. 소매는 최신 유행대로 만들게요."

매슈가 돌아가자 린드 부인의 입가에 미소가 번졌다.

"그 가여운 아이가 한 번쯤 제대로 된 옷을 입고 있는 모습을 보는 것도 꽤 흐뭇할 거야. 마릴라가 입히는 옷들은 솔직히 말도 안 되잖아. 터놓고 말하고 싶었던 게 열두 번도 더 된다니까. 마릴라가 충고를 듣는 걸 싫어하는 거 같아서 아무 말도 안 한 거지. 게다가 결혼도 안 했으면서 아이 교육에 대해 나보다 더 잘 안다고 생각한다니까. 하긴 항상 그런 식이지. 애를 키워본 사람이면, 모든 아이에게 빠르고 확실하게 들어맞는 양육법이란 없다는 걸 알

텐데. 한 번도 키워본 적 없는 사람들이 수학 등식처럼 규칙에 대입만 하면 정답이 쉽게 나오는 줄 안다니까. 하지만 아이가 어디 산수 푸는 머리로 길러지나. 마릴라 커스버트도 그걸 모른단 말이야. 자기처럼 옷을 입히면 앤이 겸손한 마음을 기를 줄 아나본데, 시기심이나 불만만 키울 공산이 더 크지. 그 애도 자기 옷이 다른 여자애들이랑 다르다는 걸 틀림없이 느낄 테니까. 그나저나 매슈가 그걸 알아차리다니! 60년 넘게 잠자던 매슈가 이제야 눈을 뜨나 보군."

2주일의 시간이 흐르는 동안, 마릴라는 매슈에게 뭔가 꿍꿍이가 있음을 눈치챘다. 하지만 크리스마스이브에 린드 부인이 새 옷을 들고 나타나기 전까지 그게 뭔지 짐작도 못했다. 린드 부인은 마릴라가 만들면 앤이 금방 눈치챌까 봐 매슈가 걱정을 해서 자신이 만들었다고 그럴듯하게 둘러댔다. 마릴라는 그 말을 곧이곧대로 믿지 않았지만 아무렇지 않은 듯 행동했다.

"그러니까 오라버니가 2주 내내 뭔가 비밀 있는 사람처럼 굴면서 혼자 싱글벙글 웃었던 게 이거였군요? 오라버니가 무슨 엉뚱한 짓을 꾸미는 건 짐작했어요. 글쎄요, 앤한테 옷이 더 필요할까요? 올가을에도 튼튼하고 따뜻하고 편한 옷을 세 벌 만들어 줬고, 그 이상은 순전히 사치예요. 이 소매에 들어간 옷감만 가지고도 웃옷 한 벌은 만들겠네요. 오라버니, 이건 앤의 허영심만 채워줄 거예요. 그 아이는 지금도 공작새만큼이나 허영심이 가득하다고요. 그래도 앤 마음에 들었으면 좋겠네요. 이런 어처구니없는 소매가 처음 나왔을 때부터 이걸 입고 싶어 했으니까요. 뭐, 한 번 그런 소릴 한 뒤로 입 밖에 꺼낸 적은 없지만요. 그 볼록 소매는 갈수록 커지고 우스꽝스러워지더니, 지금은 풍선처럼 부풀었다니까요. 내년쯤엔 볼록 소매 옷을 입은 사람들은 문을 나갈 때 옆걸음으로 걸어야 할걸요."

마릴라가 조금은 딱딱하지만 너그러이 말했다.

크리스마스 아침이 밝자, 세상이 온통 하얗고 아름답게 변해 있었다. 12월 날씨가 매우 포근했기에 다들 크리스마스에 눈이 내리지 않을 거라고 예상했다. 하지만 밤새 많은 눈이 소복이 내려 에이번리는 아름답게 변해 있었다. 앤은 기쁜 눈으로 얼어붙은 다락방 창밖을 살짝 내다보았다. '유령의 숲'의 전나무가 온통 하얀 솜털을 뒤집

어쓰고 있었다. 자작나무와 벗나무는 진주로 테를 두른 듯했고, 쟁기질이 끝난 들판은 눈이 쌓여 하얀 물결처럼 보였다. 공기에 가득한 상쾌하고 알싸한 냄새가 코끝을 톡 건드렸다. 앤은 아래층으로 뛰어 내려가며 초록 지붕 집 가득 목소리가 울려 퍼지도록 노래를 불렀다.

"메리 크리스마스, 마릴라 아주머니! 메리 크리스마스, 매슈 아저씨! 정말 아름다운 크리스마스죠? 눈이 와서 정말 기뻐요. 눈이 없으면 크리스마스가 아닌 거 같잖아요! 전 그린 크리스마스*는 싫어요. 사실 초록색도 아니잖아요. 지저분하게 빛바랜 갈색이랑 회색이죠. 사람들은 왜 그걸 초록색이라고 할까요? 어…… 어…… 매슈 아저씨, 이거 제 거예요? 와, 아저씨!"

매슈가 멋쩍게 종이 포장지를 풀어 옷을 꺼내 앞으로 내밀면서 눈치를 살피듯 마릴라를 흘깃 보았다. 마릴라는 모르는 척 찻주전자에 물을 채우고 있었지만, 궁금한 마음을 감추지 못하고 곁눈으로 힐끔거렸다.

앤이 옷을 받아들고 한동안 경건한 침묵이 흘렀다. 아,

* 눈이 오지 않는 크리스마스

이 얼마나 예쁜지. 아름답고 부드러운 갈색 글로리아 옷감으로 만든 드레스는 실크의 매끄러운 광택이 돋보였다. 그리고 치맛자락에 크고 작은 주름 장식도 달렸고, 허리에는 최신 유행의 길고 가는 정교한 주름이, 목에도 얇은 레이스에 잔주름이 잡혔다. 그러나 가장 마음을 사로잡은 건 소매였다. 소맷동은 팔꿈치까지 길게 올라왔고, 그 위로 아름답게 부푼 볼록한 소매가 작은 주름단과 갈색 실크 리본 매듭으로 나뉘어져 있었다. 매슈가 수줍게 말했다.

"네게 주는 크리스마스 선물이란다, 앤. 어……, 아니…… 앤, 마음에 안 드니? 이런…… 이런…….."

앤의 눈이 한순간에 눈물로 가득 찼다.

"마음에 들어요! 아, 아저씨! 아저씨, 정말이지 너무 아름다워요. 아, 뭐라고 감사 인사를 드려야 할지 모르겠어요. 소매 좀 보세요! 아, 행복한 꿈을 꾸고 있는 것만 같아요."

앤은 옷을 의자 위에 걸어 놓고 두 손을 꼭 맞잡았다.

마릴라가 끼어들었다.

"자, 자, 아침 식사 해야지. 앤, 난 네게 그 옷이 필요할 것 같진 않지만 오라버니가 널 위해 준비했으니 잘 입도록 해라. 린드 부인이 네게 주라며 머리 리본도 놓고 가셨단다. 갈색이라 그 옷에 어울릴 게야. 이제 와서 앉아라."

앤이 황홀한 듯 말했다.

"아침은 못 먹겠어요. 이렇게 가슴 벅찬 순간에 아침 식사는 너무 평범한 일이잖아요. 옷을 맘껏 보며 눈으로 즐길래요. 볼록 소매가 아직 유행하고 있어서 정말 기뻐요. 볼록 소매 옷을 입어보지도 못하고 유행이 지나가 버리면 평생 한이 될 것 같았거든요. 절대 그냥 만족하지 못했겠죠. 린드 아주머니께서 리본을 주셨다니 너무 고마워요. 정말 착한 아이가 되어야 할 것 같아요. 가끔은 제가 모범생이 아니라는 게 후회가 돼요. 앞으로는 모범적인 아이가 되자고 늘 다짐은 하거든요. 하지만 뿌리치기 힘든 유혹이 생기면 왠지 다짐을 지키기가 힘들어요. 그래도 이제부턴 정말 더 열심히 노력할게요."

평범한 아침 식사를 마쳤을 때, 다이애나가 진홍색 코트를 입고 밝은 얼굴로 골짜기 쪽의 하얀 통나무 다리를 건너는 게 보였다. 앤은 다이애나를 만나러 한달음에 비탈길을 내려갔다.

"메리 크리스마스, 다이애나! 아, 정말 즐겁고 멋진 크리스마스야. 너한테 보여줄 굉장한 게 있어. 매슈 아저씨가 최고로 예쁜 옷을 선물하셨거든. 그보다 멋진 소매는 상상도 못할 것 같아."

"나도 줄 게 있어. 자, 이 상자야. 조세핀 할머니가 큰 상자에 선물을 가득 담아 보내셨어. 이건 네 거야. 어젯밤에 가져오고 싶었는데 상자가 너무 늦게 도착해서 말이야. 어두워지면 '유령의 숲'을 지나오기가 좀 무서워서."

다이애나가 숨을 헐떡이며 말했다.

앤이 상자를 열며 안을 슬며시 들여다봤다. 제일 먼저 '앤에게, 메리 크리스마스'라고 적힌 카드가 보였고, 다음으로 발부리에 구슬이 달리고 새틴 나비 리본과 반짝이는 버클이 장식된 앙증맞은 가죽 덧신이 한 켤레 나왔다.

"아, 다이애나, 이건 너무 과분해. 내가 꿈을 꾸고 있나 봐."

"난 하늘의 뜻이라고 생각해. 이젠 루비한테 덧신을 빌리지 않아도 돼. 정말 다행이지 뭐야. 루비의 덧신은 네 발보다 두 치수나 크잖아. 요정이 발 끄는 소리를 내며 걸으면 귀에 거슬릴 거야. 조시 파이는 고소해 하겠지만. 있지, 롭 라이트가 그저께 밤에 연습을 마치고 거티 파이와 함께 집에 갔대. 넌 그런 얘기 못 들었어?"

그날 에이번리의 학생들은 회관을 장식하고 마지막 예행연습을 하느라 다들 들뜨고 흥분해 있었다.

발표회는 저녁에 시작되어 성공적으로 끝났다. 작은 회관이 사람들로 꽉 찼고 무대에 선 학생들도 전부 자기 역할을 훌륭히 해냈다. 하지만 발표회에서 가장 밝게 빛난 별은 앤이었고, 시기심 많은 조시 파이조차 그 사실을 부인하지는 못했다.

"아, 정말 근사한 밤이었지?"

발표회를 모두 마치고 앤과 다이애나는 별이 총총 박힌 까만 하늘 아래 함께 집으로 걸어갔다.

"모든 게 다 잘됐어. 10달러는 모았을 거야. 있잖아, 앨런 목사님이 발표회에 관한 글을 써서 샬럿타운 신문에 보내실 거래."

다이애나가 현실적인 이야기로 답했다.

"와, 다이애나, 우리 이름이 정말 신문에 나오는 거야? 생각만 해도 가슴이 뛰어. 네가 독창을 할 때 정말이지 기품이 넘쳤어, 다이애나. 앙코르를 받았을 땐 내가 더 자랑스럽더라니까. '저렇게 찬사를 받는 사람이 내가 사랑하는 마음의 친구라니' 하면서 혼자 중얼거렸어."

"뭘, 네 낭송이야말로 박수갈채를 받았잖아, 앤. 그 슬픈 시는 진짜 아름다웠어."

"아, 난 너무 긴장했어, 다이애나. 앨런 목사님이 내 이름을 부르는데 정말이지 연단에 어떻게 올라갔는지도 기억이 안 난다니까. 마치 수백만 개의 눈동자가 나를 꿰뚫어 보는 것 같았어. 순간적으로 입이 안 떨어져서 얼마나 끔찍했다고. 그때 내 아름다운 퍼프 소매가 떠오르자 용기가 났어. 그런 소매를 입을 자격은 있어야 했으니까, 다이애나. 그래서 일단 시작은 했는데, 내 목소리가 어디 멀리서 들리는 느낌인 거야. 꼭 내가 앵무새가 된 것 같았어. 다락방에서 틈만 나면 낭송 연습을 했던 게 하늘이 내린 운이었어. 그렇게 안 했으면 결코 해내지 못했을 거야. 신음 소리는 괜찮았니?"

"그럼, 정말 아름다운 신음 소리였어."

다이애나가 자신 있게 말했다.

"자리로 돌아올 때 슬론 할머니가 눈물을 훔치시는 모습을 봤어. 내가 누군가에게 감동을 줬다고 생각하니 뿌듯하더라. 발표회에 참여하는 건 정말 낭만적이지 않니? 아, 오늘 발표회를 절대 잊지 못할 거야."

"남자애들도 연극을 잘하지 않았니? 길버트 블라이드는 진짜 멋있었어. 앤, 난 네가 길버트한테 너무 못되게 구는 것 같아. 내 말 좀 끝까지 들어 봐. 네가 요정 대사를 하고 무대에서 뛰어내려올 때 네 머리에서 장미 한 송이가 떨어졌거든. 길버트가 그걸 줍더니 자기 가슴 주머니에 꽂는 걸 봤어. 거봐. 넌 낭만적인 아이니까 이런 일은 기뻐해야 되는 거잖아."

"걔가 뭘 하든 나하고는 아무 상관없어. 걜 생각하느라 낭비할 시간 없어, 다이애나."

앤이 딱딱하게 말했다.

그날 밤, 20년 만에 처음으로 발표회에 참석한 마릴라와 매슈는 앤이 잠든 뒤에도 한동안 부엌 난롯가에 앉아 있었다.

"글쎄다. 내가 보기엔 우리 앤이 제일 잘하는 거 같더구나."

매슈가 자랑스러운 듯 말했다.

"그래요. 그럽디다. 똑똑한 아이예요, 오라버니. 그리고 정말 예뻤어요. 나는 이런 발표회를 한다기에 썩 내키지 않았는데, 뭐 나쁠 건 없는 것 같아요. 어쨌든 오늘 밤엔 앤이 자랑스럽더군요. 앤한테는 아무 말 안 할 거지만요."

마릴라도 인정했다.

"글쎄다. 나는 위층에 올라가기 전에 자랑스러웠다고 말해줬다. 저 아이 앞날을 위해서 우리가 할 수 있는 일이 뭔지도 이제 생각해야 할게야, 마릴라. 저 애가 에이번리 학교를 졸업한 뒤를 고민해야 할 날도 머지않았어."

"그건 아직 생각할 시간이 많이 있어요. 저 애는 3월에 겨우 열세 살이라고요. 하지만 오늘 밤에 보니 어느새 훌쩍 컸다는 생각도 들긴 하네요. 린드 부인이 옷을 조금 길게 만들어서 키가 더 커 보이는 거 같기도 하고요. 저 애는 배우는 속도가 빠르니, 내 생각에는 나중에 퀸스 학교에 보내는 게 가장 좋을 것 같아요. 하지만 한두 해 동안은 아직 그런 얘기를 꺼낼 필요가 없죠."

"글쎄다. 한 번씩 그런 생각을 해 보는 것도 나쁠 것 없지. 그런 일은 생각을 많이 하면 할수록 더 좋은 법이니까."

(3권에 계속)

옮긴이 박혜원

심리학을 전공하고, 현재는 전문번역가로 활동 중이다. 옮긴 책으로 《퀸 (40주년 공식 컬렉션)》, 《곰돌이 푸1 : 위니 더 푸》, 《곰돌이 푸2 : 푸 모퉁이에 있는 집》, 《빨강 머리 앤》, 《소공녀 세라》, 《문명 이야기 4》, 《젊은 소설가의 고백》, 《벤 버냉키의 선택》, 《본능의 경제학》 등이 있다.

빨강 머리 앤 2

1판 1쇄   2019년 7월 16일
1판 2쇄   2020년 2월 25일

지은이   루시 모드 몽고메리
옮긴이   박혜원

펴낸곳   더모던
전화   02-3141-4421
팩스   02-3141-4428
등록   2012년 3월 16일(제313-2012-81호)
주소   서울시 마포구 성미산로32길 12, 2층 (우 03983)
전자우편 sanhonjinju@naver.com
카페   cafe.naver.com/mirbookcompany

ISBN 979-11-6445-075-6   00840

파본은 책을 구입하신 서점에서 교환해 드립니다.
책값은 뒤표지에 있습니다.